Alex och Alma
från Arboga
äntligen på väg

Tredje boken

Detta är min tredje bok om Alex och Alma och deras två barn, Matheus och Irma. En lättsam vardagshistoria från Västmanland till Kreta.

Hur har detta gått till. Jag började denna resa 2019 och beslöt mig för att detta vill jag genomföra. För mig själv. Så roligt att följa sina infall som uppstår på vägen i själva skrivandet. För mig kommer en del som överraskningar.

Berättelsen innefattar naturligtvis en del av mig och händelser som utvecklats i takt med tidens gång.

Böckerna skulle härmed få ett slut men det kan jag inte se då deras liv fortsätter med Kreta som andra hem.

Agni Tzanakis

Alex och Alma
Matheus och Irma

En vanlig familj i en Bok

© 2024 Agni Tzanakis

Illustration: Foto : Agni Tzanakis
Korrekturläsning: Evangelos Tzanakis

Förlag: BoD · Books on Demand, Östermalmstorg 1,
114 42 Stockholm, bod@bod.se
Tryck: Libri Plureos GmbH, Friedensallee 273,
22763 Hamburg, Tyskland

ISBN: 978-91-8080-016-7

Är en ynnest att kunna göra detta. Jag har svårt att fokusera på det jag håller på med och det gör att jag inte har disciplin på mitt skrivande. Har många tankar i huvudet och vill skriva dygnet runt. Och det ska det bli framåt. Kan inte lämna dessa människor och ska börja på fjärde delen.

Tack för tiden som är min.

Söndag

Planet landade i Aten på utsatt tid. Venizelos var en stor flygplats. Hann bara sätta mig innan vi landade kändes det som. Kvinnan som suttit vid fönstret väntade ivrigt på att gå av. Det var tomt på platsen mellan oss. Jag reste mig så hon kunde passera. Jag hade ingen brådska. Jag hade inte pratat över huvudtaget med kvinnan. För mig var det ett besynnerligt sammanträffande då jag fått samma sittplats på återresan. Jag letade upp första bästa cafe´bord. Tog en cappuccino och satte mig med datorn. Jag hade god tid på mig. Samlade ihop det jag hade om Bergströms. Det var ju Sofia, Tomas, Claes och någon på min mors sida. Fler kom jag inte ihåg i denna stund. Sen var det halssmycket i tre delar. Det som satt runt halsen på Sofia, som jag inte hade sett men visste om. Irinis´ halssmycke som Johan hade tagit från väskan. Jag tror att Viola hade haft ett sånt någon dag men jag minns inte riktigt. Henne kunde jag fråga, men de andra som inte var i livet. Det låter

som den värsta deckar-romanen. Nej jag tror att det betydde något helt annat. Kanske en present från en och samma person till de tre flickorna. De var ju kusiner. Men vem var Sofia? Hon var syster till Tomas. Vilka var hennes föräldrar. Bergström var inte något annorlunda namn. Ganska vanligt svenskt efternamn. Viola och Irini hade vissa likheter men Sofia var inte lik någon i den familjen jag nu träffat. Jag skrev ner mina tankar och sparade på skrivbordet: BERGSTRÖMS
Slog en signal till Alma, inget svar.
Sträckte på mig en stund, vände upp blicken och lutade mig tillbaka. Mycket folk hade samlats för transfer.   Såg en ledig bänk och drog mig dit. Skulle äta innan planet gick men klockan var bara runt tio. Jag lutade mig tillbaka och kopplade av lite, kunde nästan påstå att jag somnade till. Det var en skön bänk/soffa med att bra ryggstöd. Försökte att sluta att tänka på Bergström, det ordnar sig. Det kommer att visa vad de spelar för roll. Förr eller senare. Min mage sa att det började närma sig lunchdags. Det blev en salladsbar. Såg fint ut med många matnyttiga sallader. Beställde en grön sallad med avokado och lite bröd och en blandjuice.
Letade efter någonstans att sitta men det var upptagna bord överallt. Fick ögonen på ett bord för fyra där det satt endast en person.
Jag tänkte fråga om jag kunde slå mig ner där. En man satt med ryggen mot mig. Jag böjde mig

försiktigt fram och skulle fråga då han vände sig om och jag tappade salladen i golvet.

" Men Alex, är du här, vad hände med salladen. Jag hjälper dig att ta upp den för den kan du ju inte äta."

" Tomas, vad i all sin dagar. Dig vill jag inte träffa, du har inte uppfört dig som sig bör."

" Va, jag tror att det är missförstånd."

Han reste sig i meningen för att gå och köpa en sallad åt mig.

" Jag flyger om tre timmar med samma plan som du, eller hur?"

" Ja förmodligen."

Tomas gick och jag jag kände en enorm känsla av obehag. Vem var denna spelevink eller har jag fått allt om bakfoten.

Drack lite av juicen tills Tomas kom tillbaka med min sallad.

" Tack, men Tomas, det har varit lite mycket nu på sistone. Har svårt att tro på dina kommande förklaringar och jag kommer ha svårt att ta dig på allvar."

" Låt mig i alla fall en få en chans."

" Okey, men jag ställer frågorna. Vilka var de tre män som nu tog Viola från fiket vi satt på häromdagen. Hon skickade ett sms med foto på de tre och en fjärde som jag trodde var William, en som jag känner igen. Vad är hans efternamn?"

" Han är ju en Bergström."

" Ja, naturligtvis. Vet jag det eller har jag glömt.

" Vadå, och, han är ju en tredje kusin på din

farmors sida, sa vi ju."
" Men vad heter hans pappa:"
" Vad har det med det här att göra?"
" Men nu vill jag veta det?"
" Han hette Eliott och han har dött."
" Efternamn , tack."
" Dum fråga, Bergström, naturligtvis.
Där var en till som jag glömt. William. Men då måste Alma vara en Bergström.
Jag har lite svårt att komma ihåg alla Bergström.
Jag visste det men ville höra det från Tomas.
" Vad vet du då om Alma, min fru?"
" Inte mycket, kan jag säga. Har väl inte träffat henne någon gång vad jag kan minnas"
" Vad vet du om William ,då?"
" William är Eliotts äldste son och han blev ensamstående med sonen då Eliotts fru stack av någon anledning. Det fick jag höra av din far Andreas."
" Umgicks du med honom på något sätt?"
" Nja, inte direkt men träffade honom vid någon släktträff för kanske tjugo år sedan."
" Vad hade han med Bergströms att göra?"
" Som jag har hört så har det varit en släktfejd som pågått långt tillbaka i tiden. På våra farföräldrars tid. Något med Bofakis, Matheus far, som hade sålt en tomt till någon Bergström som bodde på Kreta. Och i samma veva blev det en kärlekshistoria mellan Bofakis och Bergström och som slutade i en förskräcklig tragedi."
" Har aldrig hört talas om. Vad hände och när?"

"   Alltså jag kan inte hela detta komplicerade fall men jag tror mig veta att kärleksparet blev mördade. En annan variant av det hela är att de körde av vägen någonstans där de blev funna efter några dygn. Men du får prata med någon annan också. Jag har hört detta från din far."
"   Men när träffade du honom, Han försvann för mig när jag var fem år, så hur träffade du honom.?"
"   Han träffade min mamma och de polade ett tag."
Jag trodde att jag skulle slita håret av mig, blev inte klok på detta. Vi hade ätit, druckit kaffe och nu var det drygt en timme kvar tills flyget skulle gå mot Stockholm. I det ögonblicket kom det fram två polismän som jag sett gått runt mellan borden och pratat med lunchgästerna. En hade en lapp i handen och frågade, på knagglig engelska, vem av oss som hette Tomas Bergström.
Tomas blev lite snopen men bekräftade att han var Tomas. De gick fram till honom och bad honom ställa sig upp, vilket han under stor förvåning gjorde. De tog honom under armen och sa att han skulle följa med till polisstationen. De hade en order på honom.
Han sa med oro i blicken.
"   Alex, vad är det som händer, hjälp."
"   Tomas, jag vet inte men jag ska försöka ta reda på vad som hänt."
Han tittade på med oro i blicken.
Det var svårt att tro på Tomas.

För det första så var det hans utseende. Han hade halvlångt hår som var blekt på fel ställen. Som att han blekt det själv. Han hade en schabbig stil. Kläderna såg aldrig fräscha ut. Ständigt okammad och lite skit under naglarna. Han luktade aldrig illa. Men han kanske hade ett fräscht inre, vilket han aldrig visat för mig. Däremot var ju en riktig charmör och hade aldrig problem med att få kvinnor intresserade.

Jag sa till polisen att han hade ett plan att passa om drygt en timme. De svarade vänligt att de bara lydde order och kunde inte ge några beslut. De gav mig ett visitkort så jag kunde kontakta stationen när jag ville.

De tog med sig Tomas som såg helt chockad ut. Jag trodde han skulle svimma. De var snart borta ur min synvinkel och jag satt som förstenad. Vad är det som pågår.

Satt kvar på min stol och var allmänt i ett risigt tillstånd. Jag letade upp en bekvämare plats att vila på. Det började närma sig boarding och ingen Tomas i sikte. Tittade på klockan varje 10:e minut tills de sista hade passerat för boarding. Tog mig med hasande steg till gaten. Det var nästan tomt för sista utropet hade varit. Jag loggade in med mobilen och gick ner för trappan och in i bussen. Hörde kommentarer som: ´en del kan inte passa tiden´. Låtsades som jag inte hörde. Jag väntade tills alla gått av bussen innan jag själv steg av. Gick sakta upp för trappan då det fortfarande var kö.

Hittade min ytterplats så jag behövde inte störa någon. Lade in väskan jag hade i bagagehyllan mitt handbagage åkte in under stolen framför. Jag var klar för min resa då högtalaren slog på och meddelade att vi skulle avgå om en dryg halvtimme. Där fick dom, tänkte jag. De som varit så stressade.

Jag tog fram min dator och gick igenom foton som jag laddat ner häromkvällen.

Satt helt koncentrerad då jag kände en hand på min axel. Vände mig om och där stod Tomas.

I samma ögonblick ropade steward ut att avfärd var i antågande, säkerhetsbälten på och det blev dags för avgång. Det var alltså så att vi väntat på att Tomas skulle stiga ombord. Han slog sig ner ett par rader framför mig. Blev väldigt nyfiken på vad som hänt men det fick vänta. Funderade över om det var därför planet var försenat. På grund av ett polisärende.

Jag fortsatte mitt jobb med att ta fram foton som jag skulle kunna använda vid kommande utställning.

Jag hittade fotot jag tagit på Ewy och nu visste jag vem hon var efter att vi sågs i Chania. Det var ju också ett samman-träffande.

Nu var jag på väg hem. Det hade varit två långa veckor med mycket som hänt men just nu kändes det som att jag kom igår. Mycket intryck att smälta. Skulle bli skönt att komma hem och vara i en lugnare tillvaro. Att träffa Matheus och Irma och Alma. Ja, och så svärmor förstås.

Vi hade lyft och lampan `bältet` slocknade. Tomas reste sig och kom emot mig.

" Hej, Alex. De hade gjort fel tror dom. Jag har lämnat alla uppgifter till polisen så de kan kontakta mig om det är något oklart."

" Så det var dig vi väntade på."

" Ja, jag tror att de ringde och bad dem att vänta. Det är ju fantastiskt. Skönt att vara på väg. Jag ska sätta mig och sova en stund. Vi syns när vi landar, okey"

" Ja, sov gott, vi ses sen."

Jag hade ett ungt par vid min sida som satt nästan på ett säte så det kändes inte så trångt.

Funderade för femtielfte gången om hela situationen.

Johan, som jag träffat på flygplatsen i Aten då Irini hade dött. Att han hade haft en relation med Viola som jag mötte på hotellet i Chania. Som bodde på samma hotell som Tomas. Jag tycker det verkar för många underliga sammanträffande. När vi kom till det hotellet så märktes inget av att Tomas kände Viola. Kände Tomas till Johan sen innan.

Jag beställde en kaffe, ägnade mig åt mina tankar en stund tills jag blev serverad.

Efter det lutade jag mig tillbaka i stolen och somnade bort. Vaknade av att någon ville gå förbi mig. Oj, det var killen bredvid. Så jag reste på mig för att sträcka på benen medan han gick på WC. När han kom tillbaka var det tjejens tur. Jag stod kvar tills hon kom tillbaka och satte mig igen. Lutade mig tillbaka men kunde inte somna.

Slängde en blick på telefonen och det var snart dags för landning. Kändes som jag nyss gått på i Aten. Landningen var behaglig och ute var det lite halvmulet. Reste mig för mina med-passagerare och satt sen kvar tills de flesta stigit av.

Tomas väntade på mig och vi gick mot utcheck. Vi sa inte så mycket.

I väntan på väskorna frågade Tomas vart jag skulle och vi bestämde att dela taxi till Centralen. Lite lyxigt men. Jag gick före genom tullen och Tomas kom strax efter.

Vände mig om när jag passerat men såg inte Tomas. Tittade mig omkring och såg hans väska på bandet. Hoppsan, tänkte jag, hur skulle jag nu göra. Bestämde mig för att slå en signal. Inget svar. Ringde igen men samma sak.

Jag sökte upp närmaste sittplats och bestämde mig för att vänta en stund, ge honom lite tid. Ringde upp Alma som svarade.

"   Hej älskade Alex, är du framme."

"   Ja, Alma min fina tjej, jag är på Arlanda och fikar en stund. Tomas, som jag berättade om är med men har fastnat i tullen. Så jag inväntar honom en stund. Hur mår ni?"

"   Vi mår bra och vi väntar på dig. Hur var resan."

"   Den var lugn. Hade ett par jämte mig, lugna. Jag sov lite och det kändes som en kort resa. Men nu är jag trött och vill bara komma iväg, men jag ger Tomas en halvtimme och sen åker jag om han inte kommit ut. Har ringt men telefonen är avstängd."

"   Okey Alex, vi ses imorgon, ska bli underbart, längtar ihjäl mig. Puss o kram.."
"   Puss o Kram Alma, jag längtar också."
Studerade människorna som kom ut från terminalen.
Helt plötsligt såg jag ett bekant ansikte, Viola. Hur i all sin dagar kunde det vara möjligt. Jag slängde en blick på tavlan angående ankomster. Landat från Iraklion för 20 min sedan. Bestämde mig för att göra mig osynlig, reste mig och gick in på WC. Hade hennes mobilnummer.
Kikade ut i hallen och hon var borta. Däremot stod Tomas vid utgången och sökte med blicken. Jag ropade till mig honom och vi gick ut till taxi-kön.
Vi tog den som stod först i vår väg. Det var sju rader med taxibilar, olika företag. Orkade inte köpslå med chaufförer just nu. Vi hoppade båda in i baksätet efter att bagaget hamnat i bakluckan.
"   Tack för att du väntade på mig."
"   Det tog inte så lång tid. Jag har bokat hotell och åker till Arboga tidigt imorgon bitti. Hur gick det i tullen."
"   Jo, det gick bra. Verkar som att de trodde att jag hade nåt. Som att de haft kontakt med polisen i Aten. Men det verkar väl lite väl långsökt. Men nu är vi på väg. Känns bra."
"   Ja, verkligen. Men vart åker du ikväll?"
"   Jag har en polare i stan som jag ska sova hos i natt och sen imorgon eller övermorgon så åker jag till min mor i Sundsvall ."
"   Okey, men vi kan väl höras på mobilen."

"   Javisst. Nu måste jag skicka iväg ett sms till polarn så han vet att jag är på gång."

Vi hade passerat Solna så vi var snart vid Centralen. Jag passade på att gå in på SJ-appen och bokade resa till Arboga imorgon. Perfekt. Slog en signal till Alma.

Vi blev avsläppta på den övre plattan vid Centralen, på bussterminalen. Vi gjorde sällskap ner till Rotundan sen skildes vi åt. Jag följde honom med blicken och följde efter lite skymd. Hade bagaget och bära så jag var inte så smidig och osynlig. Kände på mig att nåt inte stämde.

Han gick över på andra sidan Vasagatan och gick mot Mc´Donalds. Och där stod hon, Viola. Han gick fram och gav henne en kyss och sen gick de mot Norra Bantorget.

Jag vände och åkte ner för rulltrappan för att ta tunnelbanan till Odenplan där jag bokat rum. Slängde i mig en korv med bröd och drack en cola. Slogen signal till Viola som inte svarade. Min kusin, men en som jag inte kunde lita på.

Idag hade jag ätit allt skräp man kan tänka sig. Skulle bli skönt att komma hem till Alma och hennes härliga, nyttiga mat. Och barnen. Skulle jag hinna träffa dom imorgon bitti. Hade bokat ett tidigt tåg.

Det var lite folk på perrongen. Söndag kväll. Många som jobbar imorgon eller reser till arbete eller skola tidig måndag.

Tunnelbanan anlände och jag åkte de två hållplatserna till Odenplan. Fick nyckeln till

rummet och efter en snabbdusch kom tröttheten
och sömnen tog mig i sin famn.

Måndag

Min resa ropades ut och jag begav mig till tåget och klev på i 2:a klass. Det var knappt jag kunde gå av trötthet. Kändes som att jag bara nuddat kudden och sen vaknat igen.
Det var ganska lagom med folk. Jag hittade en plats vid fönstret och slog mig ner. Väskan hade jag ställt på avsedd plats. Jag tog fram mobilen och ringde till Alma.
"	Hej Alex, var är du?"
"	Sitter på tåget, framme strax före halvnio."
"	Jag kommer och möter. Mamma sitter hos Matheus och Irma. Vi har just ätit frukost och sen ska dom till skolan. De vet inte att du kommer idag så de får en fin överraskning."
" Okey. Alma, vi ses om en stund."
Jag lutade mig tillbaka på min plats och tittade mig omkring. Tåget verkade vara från 60-talet. Svart, tungt, lite hårda säten. Det lät som tåget jag åkte när jag var liten, med min mor och far. Det är ju ett tag sen sist.
Jag satte på mig hörlurarna och radion på högsta volym. Annars gick det inte att höra. Tåget tuffade på och jag befann mig trettiofem år bakåt i tiden.

Musiken i mina öron påminde mig om nutid. Somnade till och från.

Köping, hörde jag lite svagt utanför mina hörlurar. Vilken tur att jag hörde det. Stängde ner och samlade ihop mitt bagage och mig själv och inväntade med hjärtat i halsgropen. Äntligen skulle jag få krama min kära Alma och senare under dagen mina underbara ungar.

Det regnade lite lätt när tåget saktade ner och när vi åkte in på Arboga station. Där stod hon, med stort H, på perrongen och väntade i regnet.

Så vacker, med sitt långa hår i en knut på huvudet. Så snygg i sina jeans och en vacker rosa jumper. Reste mig och tog tag i väskan och gick ut på perrongen. Alma kom rusande emot mig och vi kramades länge. Tänk att vi var så tajta efter flera år och två barn.

Vi pratade i munnen på varandra medan vi gick mot bilen. Vädret var skönt trots regnet och det kändes riktigt bra. Arboga var folktomt som vanligt. Vi åkte sakta förbi stan och ut mot Medåker. Alma körde. Vi sa inte så mycket i bilen utan tittade mest på varandra, mest jag på henne.

Alma parkerade bilen och klev in hemma där svärmor väntade med en stor kram och bordet dukat. Det doftade kaffe i hela huset och svärmor hade gjort ordning smörgåsar. Jag gav henne en stor kram och vi intog frukost tillsammans men sen gick sig svärmor hemåt och vi, ja vi drog oss upp till övervåningen och badrummet och gjorde vad vi kunde för att upptäcka vad vi hade saknat dessa veckor.

Alma var tvungen att ge sig av till jobbet och jag packade upp mina väskor och det jag köpt till familjen.

Tröttheten tog över och jag tog mig till soffan och somnade. Vaknade av röster men visade mig inte. Det var svärmor, Mattheus och Irma. Sen hörde jag röster jag inte kände igen. Barnröster som inte pratade ren svenska. Jag låg kvar en stund tills de såg allt jag packat upp på köksbordet. Skulle de förstå att jag hade kommit hem.

Tiden gick, de pratade sinsemellan och undrade vad det kunde vara. Till slut hörde jag Mattheus när han läste texten på något på bordet.

" Det är från Kreta, pappa är hemma. Var är du pappa?

Jag reste mig upp från soffan och ropade;

" här är jag."

Mattheus och Irma kastade sig om halsen på mig. Vi kramade nästan sönder varandra. Vilken underbar känsla det var att vara hemma. Jag hälsade på Sebastian och Viktoria.

Alla pratade i mun på varandra och hade tusen frågor till mig. Jag försökte svara så gott jag kunde. Vi undersökte allt som stod på köksbordet. Det var grekisk honung, det var foton på Manolis barn, deras kusiner. Det mesta av det var ändå något vi skulle förtära. Jag berättade om poolen vi skulle göra iordning och det blev ett ramaskri av glädje.

Svärmor kom över och Alma dök upp från jobbet. Barnen hade gått upp för att leka. Det jag packat upp åkte ner i en Ikea-kasse så vi kunde ta in den till mormor.

Vi tog en kopp kaffe och det ringde på dörren. Alma öppnade och in kom våra nya grannar. Isabella och Pierre med lille Claudio i famnen. De slog sig ner och vi pratade nästan en timme medan Claudio kröp omkring på golvet.

Svärmor avbröt och sa att maten var klar och vi skulle gå hem till henne för att äta. Barnen ville stanna en stund till och leka. Vi avvek för att tillbringa natten hos mormor. Claes hus var inte klart ännu.

Kändes lite konstigt att gå hemifrån att sova hos svärmor men det få väl gå ett par dagar till.

Barnen kom efter en stund och vi åt underbart god hemlagad mat. Äntligen.

Jag tog barnen till dusch och bokläsning. Men det blev mest frågor om Kreta.

Hur såg huset ut? var det en fin badstrand? Fanns det andra barn där nära?Skulle vi plocka oliver? Hur länge skulle vi stanna?

De hade bäddat ner sig under tiden. De delade rum så jag lämnade dem att prata en stund. Det blev många godnatt pussar.

Tisdag

Blev väckt av en blöt puss på kinden. Irma, min älskade lilla tjej. Hade hon inte vuxit lite under dessa två veckor. Hon har sin bästa pyjamas på sig. Den hon fått av mormor och som hon älskade. Rosa med stora röda rosor på. Den skulle alltid tvättas och torka över dagen.
Efter en stund dök Matheus upp i dörren, lite mer reserverad än Irma. Till saken hör att jag aldrig varit borta från dem mer än en dag. Matheus kom sakta emot mig och kröp upp i sängen och gav mig en kram. Vi satt tätt en bra stund. Alma och Irma hade redan gått ner.

" Pappa, jag har längtat jättemycket efter dig. Du ska väl inte åka bort igen."

Kära barn, tänkte jag.

" Nej det ska jag inte. Vill du att jag möter upp dig i skolan idag när jag ska hämta Irma,
så går vi till lekparken."

" Ja, det var en bra idé. Tar med mig lite fika och bullar."

" Jaaaa."

Matheus hoppade ner från sängen, klädde sig och sprang ner till köket. Jag tog på mig mina gamla blåa mjukisbyxor som jag haft hela vuxen-livet och gick ner. Vilken härlig syn. Där satt min fina familj runt bordet och intog sin frukost, hela köket doftade kaffe. Jag tog en kopp och fyllde på, gav Alma en kyss och slog mig ner på min plats. Vi småpratade lite om vad de gjort när jag var borta och de frågade mig hur jag haft det. Freja var sjusovare och hade inte anslutit till frukosten än.

"   Ikväll ska jag berätta allt och visa foton på vårt hus på Kreta."

"   Va," skrek barnen i mun på varandra.

"   Ett hus, som vi kan bo i?"

"   Ja, precis. Allt får ni se ikväll. Nu måste vi nog fixa till oss och ni ska till skolan och jag och mamma ska åka ner på stan en sväng."

Vi såg till att barnen kom iväg till förskola och skola. Jag gick med en bit.

Hällde upp en kaffe till när jag återvände hem. Alma och jag pratade om huset på Kreta, lite om Tomas, min mamma, m,m. Vi klädde på oss och tog bilen till Arboga.

Alma skulle till banken, kommunen och tandläkaren. Hon jobbade inte förrän efter lunch idag. Vi bestämde att träffas på Centrum-cafeet för en enkel lunch.

Jag gick upp till Arboga-bladet och pratade lite jobb. Ville de kanske ha en liten artikel om Kreta med foton eller. Örebro hade i år charter resor till Chania.

De visade ett visst intresse men alla var inte närvarande så de bad mig komma tillbaka tisdag.
Jag bokade en tid och gick till biblioteket där jag hade mina foton utställda. Pratade med biblioteks föreståndaren och hon var intresserad av nya bilder som jag tagit i Chania. Vi kom överens om att höras imorgon då jag varit på tidningen. Det kunde vara bra tillfälle att köra tillsammans i tidningen och parallellt på biblioteket.
Tog en promenad i centrum och satte mig på en bänk på Stora torget och ringde upp Viola.
"   hej Alex, kul att du ringer, hur mår du, är du framme i Sverige."
"   Ja, jag är hemma i Arboga, var är du, är du kvar på Kreta?"
"L,   Nej, jag är i Aten nu hos kompisar, ska stanna några dagar tänkte jag. Jag pratade med Tomas igår och han sa att ni hade sällskap på resan. Han sa också att han blivit tagen av polisen i Aten. Men nu är han också i Sverige, sa han. Ska vara hos sin mamma ett tag. Hur mår din familj."
Vilken lögnare tänkte jag.
"   Jo det är bara bra, ungarna och Alma blev glada och jag är glad att vara hemma igen. Vi kan väl höras när du kommer till Sverige."
"   Ja, självklart, ha det så bra, kram."
Jag funderade på vad detta kunde betyda. Varför dessa lögner. Vad hade hon att dölja.
Johan och Viola, ett f.d par. Tomas träffar henne på hotell i Chania. Varför bodde hon där och när

var hon ihop med Johan. Ingen idé att fundera över det nu. Klockan närmade sig lunch så jag reste mig och höll på att krocka med Alma.

"   Nämen nu höll jag på att ramla på dig. Tog henne i handen och vi gick in på café Centrum för en bit mat. Ute var det lite blåsigt och inte så skönt just nu.

Vi beställde dagens rätt: grekisk sallad med grillspett och tzatziki, ha ha Festligt.

De hade byggt ut sin verksamhet på sistone och serverade dagens och man kunde också beställa för avhämtning. De hade öppnat övervåningen med utsikt över Stora Torget. Mycket vackert inrett. Vi tittade på foton från huset på Kreta. Alma blev alldeles salig.

"   Alex, detta ger oss så stora möjligheter att vara både här och där. Vi kan jobba på Kreta hela sommarlovet. Vår lokal hemma hyr vi ut som vanligt."

"   När kan vi börja planera för det?"

"   Om allt går som det ska så åker vi ner i sommar och fixar och ser vad vi kan göra av det. Det finns annexet som du såg på fotot. Jag ska försöka skriva lite om Kreta under mitt sommar-vikariat på lokaltidningen. Det är en månad från mitten maj och en månad framåt. Och de som hyr nu får fortsätta i sommar. Vi måste också räkna på vår ekonomi. Lite lån har vi kvar men det tror jag ordnar sig.

Jag ska åka till Stockholm i helgen. Utställningen hos Jakob Mc.Kinskey. "

"   Ja just det, hade jag glömt. Kanske kan be mamma ta barnen så kan vi få helgen till-sammans."

"   Var ska vi bo?"

"   Jag har en gammal bekant som har hotell och han är skyldig mig en tjänst så jag kan ringa till honom."

"   Ja, det låter bra, fråga mor din om hon kan vara barnvakt. Jag åker på fredag för att träffa Jakob och du kan väl komma på fredag kväll.

"   okey, då bokar jag fredag-lörd."

"   Va mysigt det ska bli. Ska du ta bilen."

"   Ja, jag har ju tavlor med mig så du får ta tåget. Har du någon packning så kan jag ta den i bilen."

"   Det blir toppen."

Vi betalade vår mat och åkte hemåt. Vi var klara med våra ärenden och jag hade lovat att hämta Irma och sen skulle jag gå till parken med båda barnen. Det regnade inte och solen tittade fram så det skulle bli bra. Alma gick ner på sitt SPA.

Det fanns lite tid över för en stund på soffan hos svärmor. Satte klockan på ringning och somnade ganska omgående.

"   Alex, du måste vakna."

Det var svärmor som väckte mig.

"   Va, oj, men väckarklockan har inte ringt."

"   Nämen klockan är över tre så du måste nog gå. Jag har fixat kaffe och bullar som du kan ta med"

"   Tack snälla."

Jag reste mig med stor möda från soffan och tog matsäcken och gick för att hämta Irma och möta

Matheus. Hasade mig fram till förskolan men blev piggare direkt när jag såg Irma komma springande med händerna uppsträckta. Hon kastade sig om halsen på mig. Underbar känsla.

Efter en stund kom Matheus sakta gående. Han kom fram till mig och kramade om mig.

"   Hur har ni haft det idag."

"   Pappa kan vi få bullar och något att dricka, vi åt inget mellanmål för det var inget gott."

Vi slog oss ner på vår favoritbänk och jag dukade upp kaffe, bullar och Almas hemgjorda saft.

Vi åt under tystnad. Irma började prata.

"   Pappa, vi tycker inte om när du är borta, vi vill att du ska var hemma."

"   Men jag har inte varit borta så länge, eller?"
Matheus tittade på mig.

"   men för oss var det lång tid, mamma jobbade hela tiden och vi var mest med mormor."

"   Jobbade mamma så mycket."

"   Vi tycker det, men det var mest på kvällen."

"   Men det är så med mammas jobb. Folk som vill ha massage bokar oftast kvällstid eftersom de arbetar på dagarna."

"   Pappa, ska vi flytta till Kreta?"

"   Nej, men vi har ärvt ett hus där. Min farbror har dött och han har gett mig det huset. Så vi ska åka ner på sommarlovet. Det är nära till bad och eran farmor bor bredvid. Det kommer att bli jättekul.

I sommar ska vi fixa huset och ni får hjälpa till att måla och snickra om ni vill. Och bad blir det varje dag. Och jag har hälsat på några grannar och de har barn i samma ålder."

Jaha, hur länge ska vi vara där?"

"   Ha ha det vet jag inte, men ett par veckor åtminstone, varför frågar du det?"

"   Jo för jag ska leka med Sebastian på dagarna har vi sagt. Vi ska åka och bada vid badet i Arboga."

"   Ja, Matheus, men det finns tid för det också Sommarlovet är långt. Ska vi gå hemåt och se om mormor lagat någon mat."

Barnen ropade ja samtidigt och vi packade våran picknick korg och gick hemåt. Vi hade pratat i nästan två timmar så det hade inte blivit så mycket lek. Vi gick sakta hemåt, hand i hand och när vi steg in genom dörren doftade det så underbart gott att jag blev hungrig direkt.

Jag tog barnen till badrummet och de duschade och tog på sig pyjamaser. Vi hade varit i parken ganska länge. Sen satte vi oss för att äta.

Mobilen ringde och jag tittade vem det var. Viola.

"   Det är Viola , jag ringer henne senare."

"   Okey, kan du läsa saga för barnen. Jag har köpt en bok igår som jag tänkte du kunde börja läsa. Den ligger i bokhyllan i deras rum."

Alma anslöt till oss med en sallad. Vi åt Almas goda sallad och små bröd med mjukost och oliver. Svärmors vegetariska lasagne smakade underbart, Barnen gillade nästan all mat som lagades. De hade vant sig vid olika rätter. De gillade inte kött speciellt mycket.

Alma tog disken och jag gick med barnen och hämtade boken från deras rum.

Kreta i mitt hjärta, var titeln. Jag bläddrade lite och det var en barnbok med mycket bilder.

Satte mig med barnen i lekrummet.

De lyssnade andäktigt när jag läste och jag var väldigt inne i boken som beskrev Kreta ur ett barns perspektiv tills jag blev avbruten av Matheus.

"	Är det säkert att vi inte ska flytta till Kreta"

"	Ja, Matheus, det ska vi inte."

"	Men mamma pratar hela tiden om det där Kreta, vad är det som är så bra där?"

"	Matheus, jag är halvgrek, eller hur, och jag vill nog vara där en del. För mamma och mig är detta en dröm och ni kommer att gilla det. Er farmor bor bredvid vårt hus som jag fått ärva. Det har väl mamma berättat. Vi kan vara där på sommarlovet och bada i havet och fixa huset och sen kanske vi kan jobba lite där."

"	Då ska vi alltså bo här och gå i skolan här som vanligt."

"	Javisst, självklart."

Båda jublade åt det och jag fortsatte att läsa en stund ur boken. De lyssnade och frågade och de undrade vad det var för mat på bilderna. De frågade lite om vad jag hade gjort där och vi pratade en ganska lång stund om vad de gjort hemma. De började se lite trötta ut så de la sig i sina sängar. Jag pussade godnatt och släkte ner lite belysning och gick in i badrummet och tog en lång dusch.

När jag kom ut ur duschen hade de somnat. Jag klädde mig i mina mjuka brallor och en skjorta och gick till Alma som satt i soffan och tittade på TV. Svärmor hade gått in på sitt rum för att vila.

Jag slog mig ner bredvid och la armarna om henne. Vi sa inget på ett bra tag, bara skönt att sitta så en stund.

Vi stängde av TV:n efter en stund och pratade i flera timmar. Om Kreta, Irini, min mor, Tomas, Johan, Viola. Jag glömde ringa till Viola så det fick bli imorgon. Vi tittade på flera bilder jag tagit och Alma blev alldeles salig när hon såg huset. Alma berättade vad som hänt hemma angående Claes o Berit, om hennes jobb som blivit mer och mer. Det gick väldigt bra. Vi började prata om framtiden och vad vi skulle kunna göra på Kreta. Vi gjorde planer, byggde ut huset, skaffade möbler, allt gjorde vi där i soffan. Det som vi sen bestämde var att åka till Kreta denna sommar.

Klockan hade passerat en timme efter midnatt så det blev sängen. Vi låg tätt ihop och jag tror vi somnade innan vi förstod det själva.

Onsdag

Jag vaknade tidigast av alla, så jag satte på kaffe, tittade på klockan som var sex.

Lite tidigt så jag gjorde iordning en kopp och gick ut och satte mig på svärmors uteplats. Den var liten men med plats för en liten sittgrupp och med en liten gräsmatta och en rosenrabatt som var fantastiskt fin, solen sken från en klar himmel och det var svalt och skönt. Bladen på träden och en del blommor började slå ut. Grönskan började lägga sig ordentligt. Det var vår. Funderade på allt som hänt på sistone. Huset som jag ärvt, händelserna på Kreta och här också förresten. Nu måste jag fokusera på utställningen till helgen.

Hörde någon komma och vände mig om. Alma kom ut med en kaffe i handen.

" Godmorgon, älskling, har du sovit gott?"

" Ja har inte sovit så sen du for till Kreta."

Vi drack vårt kaffe under tystnad. Det var så skönt att bara vara här med Alma.

" Tänk dig nu att vi sitter på Kreta och tittar ut över havet."

" Ja, Alex, vi måste planera från nästa vecka så att vi åtminstone kan ha en kurs. Jag kan sätta ihop något till utställningen.

"	Ja, som sagt, jag åker på fredag förmiddag för att träffa Jakob och vi ses senare på fredag."

"	Mamma, pappa, var är ni?"

"	Vi är ute på, jag kommer."

Jag reste mig och gick in för att ordna lite frukost. Vi skulle äta ute på. Nu var det tillräckligt varmt. Första frukosten ute på våren för oss i mormors fina hus. Underbart.

Alla satt ute och väntade tills jag serverat frukosten och det blev en livlig måltid, mycket skratt och förväntan inför sommarens resa till Kreta. Svärmor anslöt sig till sällskapet. Barnen tyckte det skulle bli jättekul. Det var bara över sommaren och sen skulle de vara tillbaka till skolan börjar.

Tiden gick och vi började röra på oss. Barnen tog jag och gick till Förskola och skola och svärmors skulle iväg på läkarbesök. Hem för att finna Alma i det sexigaste nattlinne jag skådat, sittande på köksbordet i hennes mammas hus. Det kunde bara bli låsning av dörr och avklädning och vi älskade där, på köksbordet som att det var första ligget vi hade tillsammans. Alltså det var liksom en extas utan like och vi slutade i duschen och där förenades våra kroppar ännu en gång med varmvatten som en skön filt omkring oss.

Tappade nästan andan men kom till sans till slut och så även Alma, hon skulle nog orka en vända till men jag höll på att kollapsa. Hon tvättade mig och jag henne och hon blev nöjd ordentligt och jag hängde på, ha ha ha.

" Alma, älskade Alma, jag orkar inte mer."
Hon ledde min hand mot sitt sköte och jag tillfredsställde henne ännu en gång och hon fullständigt föll ihop där på badrumsgolvet.
" Alma , hur är det?"
Hon svarade inte utan drog mig ner på golvet och fortsatte sin orgie. Vad har hänt, har aldrig upplevt detta. Var hon outtröttlig, eller hade hon blivit galen.
Efter ytterligare en orgasm så vaknade hon till och vi duschade kallt för att komma till sans.
Vi klädde oss och gickför att äta lite mera frukost. Jag ringde till Tidningen och sa att jag blivit försenad.
" Alma, vad var det som hände."
" Alex, jag ville ha dig och jag vill ha dig igen, igen, hela dagen. Jag tror jag blivit galen men så känns det. Nu äter vi något och sen måste jag gå hem och jobba. Om du vill så gå hem och hämta kläder. Knacka på ordentligt men de är nog inte hemma. Jag ringer och kollar. Vad ska du göra idag, Alex?
" Jag ska ringa Jakob och sen ska jag ta en promenad till biblioteket och tidningen. Jag kan hämta ungarna."
" Okej då fixar jag middag. Alex kan du komma ett tag innan jag klär mig. Jag vill ha dig, igen, snälla. Vi klädde på oss efter ett lite ytterligare kärlekslek. Hur skulle jag orka gå någonstans, jag ville bara sova.

Alma skärpte till sig och till slut så var vi på väg. Alma gick till sitt hemma i källaren och jag tog bilen till Arboga, gick in på biblioteket och pratade med bibliotekarien om min idé. Hon lyssnade koncentrerat och sa att hon var mycket intresserad, men hon måste prata med sina medarbetare.

Jag tog bilen och åkte vidare till tidningens kontor som låg i Köping.

Det var ganska tomt där, de flesta var ute på uppdrag. Träffade på Håkan, chefredaktören, och vi diskuterade lite om de ville ha ett reportage om Kreta. Det var läge med tanke på att det gick direktresor från Örebro.

Han tyckte det var en bra idé med tanke på att jag skulle ha utställning på biblioteket.

Vi småpratade lite om det ena och det andra, sen tog jag bilen tillbaka till Arboga och slog mig ner på Centrum fiket och tog en kopp kaffe.

Satt ute eftersom det var så fint väder.

Funderade på det som hänt på morgonen. Vilken orgie.

Mobilen ringde.

"   Alex, kommer du på fredag förmiddag."

"   Ja."

 " Jag vill att vi besöker en utställning just nu här och presentera dig för en person som vill se dina foton från Kreta och kanske följa din resa framöver.

"   Ja det vore fantastiskt. Okey men när ska vi ses och var, jag kommer med bil."

"	Kan du hämta upp mig vid Spånga Torg?"
"	Ja det blir bra. Är väl där vid 12-tiden."
"	Perfekt, då ses vi där."
Nu var det väl då dags att informera Alma om det hela. Fyllde på min kaffekopp och slog en signal till Alma.
"	Hej, Alma här, kan inte ta emot ditt samtal just nu. Ring igen eller lämna ett meddelande efter tonen."
Hade inte hört att hon lagt på autosvar, men det var bra. Lämnade ett meddelande och lutade mig tillbaka och drack upp mitt kaffe, och min vackra hustru ringde efter en liten stund.
"	Hej min älskade Alma."
"	Hejsan, jag var upptagen med massage. Om en kvart kommer en ny kund."
"	Okey, jag åker till Stockholm tidigare på fredag morgon. Jakob ringde och han ska presentera mig för en person som kan vara intresserad av mina foton från Kreta och kanske vill följa våran resa."
" Men Alex det låter underbart. Jag jobbar på fredag, Har inbokningar till fredag förmiddag. Det blir bra. Jag åker till Stockholm lite sent på fredag. Har bokat tåget som går halvsju.
" Ok, Alma, när slutar du ditt pass ikväll.
Jag är som besatt av dina dofter och vill fortsätta där vi var. Har blivit som förblindad av din närvaro, Kan inte koncentrera mig ordentligt.
Får rysningar av välbehag när jag tänker på dig."
"	Alex, jag har kunder till nio ikväll. Kyl ner dig lite, ha ha ha.... vi ses snart."

Jag tittade mig omkring för att se om någon iakttog mig för jag rodnade.

Vi stängde ner och jag beställde dagens rätt. Det var riktig husmanskost. Äter inte det så ofta. Dvs falukorv med potatis och en sallad.

Enkelt och gott, drack en lättöl därtill och längtade tills kvällen.

Tiden gick och jag hade inte gjort så mycket vettigt men kände mig ganska nöjd ändå. Hade forskat lite om Bergström och kommit en bit på vägen. Hade suttit flera timmar på Centrumfiket.

Kunde knappt resa mig, kändes som jag vuxit fast på stolen. Gick till bilen och körde till ICA för att handla. Mötte en bil vid infarten till Medåker och tyckte mig känna igen föraren. En karl var det men kunde inte riktigt placera honom. Var hade jag sett honom. Körde ganska lugnt hemåt medan jag funderade på vem det kunde vara.

Parkerade i garaget och gick över till svärmor för att ta en dusch innan jag skulle gå och hämta barnen. De kunde gå hem själva men vi tyckte alla att det var trevligt att hämta och lämna. Vi fick alltid en härlig pratstund.

Jag plockade ur varorna och ställde dom på plats. Hade lite tid kvar så jag gick till Alma men hon var upptagen med en kund. Slängpuss-hälsning och jag gick sakta bort mot skolan för att hämta våra barn. Mötte en kille på vägen men hade ett sms på mobilen så jag fäste ingen notis om det, bara i ena ögonvrån.

Lyfte blicken efter ett tag och hade i alla fall noterat så pass att mannen var förmodligen samme man som jag sett i bilen vid korsningen.

Men vad spelar det för roll. Han kanske bodde i området och att jag inte träffat honom tidigare.

Vädret var underbart, soligt och varmt för att vara i början av maj och snart skulle juni göra sitt intåg. Det började närma sig vår planering för Kreta. Det skulle bli så fantastiskt skönt att få starta upp något eget. Det hade känts som att komma hem när jag befann mig där. En otrolig känsla av hemhörighet.

Jag såg Irma komma springande från förskolan vilket jag tyckte var lite konstigt eftersom att hon måste hämtas av en förälder. Hon sprang fort. Jag gick lite fortare än jag brukade och då såg jag mannen komma springande efter Irma. Jag stannade som förstenad och han såg på mig och tvärvände och försvann. Det fanns inte en chans att jag kunde följa efter. Irma kastade sig i famnen på mig. Hon grät inte men såg lite förvånad ut. Jag släppte ner henne och frågade vad som hänt.

" Den där farbrorn sa att han kände min mamma och personalen sa att det var okey att följa med. Men jag tyckte han verkade konstig så därför sprang jag till dig. Han hade godis med sig men jag ville inte ha.

Jag var helt chockad men försökte skärpa mig då jag inte ville jaga upp Irma. Vi fortsatte till skolan och möttes av Matheus. Han sprang emot oss som en solstråle. Han ville att vi skulle gå till parken och det bestämde vi. Slog en signal till Alma.

" Hej Alex, jag jobbar om tio minuter."

" Ok, Alma. Jag är i parken och du kommer sent, har liksom ingen koll ännu. Mat, finns det nåt i frysen, eller?"

" Det finns en färdig gryta till vänster i frysen, så koka lite makaroner så blir det bra. Mamma ska till en väninna ikväll. Grönsaker finns i kylen. puss o kram." Hon la på.

" Tack snälla."

Alma hade redan lagt på. Vi stannade en stund i parken. Jag funderade på det som hänt på Irmas förskola och i morgon skulle jag ta upp det med personalen. Det var inte rätt det de gjorde. Blev nästan gråtfärdig bara av att tänka på att om jag inte kommit i den stunden, vad kunde ha hänt.

Funderade på om jag överhuvudtaget skulle säga något till Alma. Jag ropade in barnen och de kom efter en stund. Vi gick hemåt och när vi gick förbi mormors hus så var hon ute och pysslade med sina fina blommor. Hon berättade att en man hon aldrig tidigare sett hade frågat efter förskolan så hon hade visat honom vägen.

Jag blev tyst men tror inte att svärmor upptäckte min frustration. Irma ville stanna och hjälpa till och så blev det.

" mormor, det kom en farbror idag och hämtade mig från förskolan. Han sa att han kände mamma."

Svärmor tittade på mig med stora ögon och jag blinkade till henne att inte säga något.

Vi gick in i köket och Matheus var hungrig så jag satte på makaroner direkt och tog fram grytan och värmde den på spisen. Fixade ihop salladen och slog mig ner vid köksbordet. Irma kom inrusande som en stormvind." jag är hungrig , pappa."

"   Tvätta händerna och kom och ät. Säg till mormor också."

Det tog två sekunder så var de på plats.

"   Pappa,   Kom det någon till förskolan för att hämta Irma. Vem var det?"

" Jag vet inte, men det ska vi ta reda på.

Mormor såg lite frågande ut men sa inget.

Nu äter vi och sen sätter vi oss ute och spelar spel eller vad ni vill. Det är jättefint ute i kväll."

Vi åt under tystnad. Barnen såg trötta ut. Vi dukade av tillsammans och plockade i diskmaskinen. Freja hade redan gett sig iväg. Fixade kaffe åt mig och ungarna fick varsin glass. Sen tog vi ett spel och satte oss ute och njöt av det fina vädret.

Vi hann spela en gång innan Irma ville göra något annat. Hon var en dålig förlorare och blev arg varje gång hon förlorade och Matheus blev så glad när han vann så då blev Irma sur för det.

Klockan var lite mycket och det hade blivit lite svalare och vi drog oss in. Det fick bli lite TV i en halvtimme, saga och sova. Alma skulle komma efter nio.

Efter några protester gick vi till deras rum och barnen duschade och jag läste saga. En egen påhittad, de gillade det väldigt mycket.

" Pappa, när ska vi flytta hem igen?"

" Ja, " sa Irma. Jag vill hem till mitt rum."

Jag sa att förmodligen efter helgen.

De somnade strax efter nio. Jag dukade fram till Alma. Tog fram en kall öl och inväntade henne vid köksbordet. Jag måste nog berätta om det som hänt idag för det skulle säkert Irma berätta imorgon. Skönt att vara hemma igen. Även efter det som hänt idag.

Det knackade på ytterdörren. Låser den alltid när jag är själv och lägger barnen.

Öppnade och Alma kom från sin SPA-källare. Hon kastade sig om halsen på mig och vi hamnade i duschen.

Ja ja, efter en halvtimme satt vi vid köksbordet och åt. Jag berättade om dagens händelse med Irma. Alma blev väldigt upprörd. Hon kunde inte förstå att sådant kunde hända. Diskussionen blev intensiv och jobbig. Jag sa att jag skulle ta i det med förskolan imorgon. Vi delade på en vinare och började så smått prata om Kreta igen. Planerade lite smått. Båda ville åka så snart som möjligt.

" Alex, imorgon har jag en kund klockan sex på morgonen. Sen är jag upptagen till elva-tiden. Kan vi fika ute imorgon."

" Ja det låter bra, Jag fixar frukost och barnen. Ska jag förbereda middag på nåt vis eller?"

"   Nej, mamma har lovat att laga mat imorgon.
Vi dukade av och stängde ner, klädde av oss och
somnade efter ett tag i vårt fina rum hos svärmor,
i varandras armar. Freja hade ännu inte kommit
hem. Alma   vaknade när hon hörde nyckeln i
låset. Mamma äntligen hemma.

Torsdag

Jag vaknade av att Alma gick upp. Jag fick en kyss och sen var hon borta.

Torsdag, jag hade verkligen blandat ihop dagarna. Imorgon ska jag åka till Stockholm, inte idag.

Därför hade Alma sagt att de skulle äta Pizza. Jag somnade om en stund och vaknade av att Matheus kom in i rummet och kramade mig. Vi gick in och väckte Irma, hon var jämt morgon trött. Men till slut så orkade hon följa med oss till köket och vi gjorde iordning frukost. Irma var sur och ville byta kläder. Hon gav sig inte men vi hade god tid på oss. Vi pratade lite om Kreta. Irma nämnde ingenting om gårdagen. Som att det aldrig hade hänt.

Vi borstade tänderna. Jag ska tillbaka och fixa lite i köket sen.

Barnen samlade ihop det som de skulle ha med sig till skolan. Vi lämnade huset och gick först till skolan. Matheus ville gå sista biten själv. Det var en avstickare från vägen. Så han gick själv men Irma och jag stod kvar ett tag innan vi fortsatte.

Väl framme sprang hon in till sina kompisar och jag bad att få en stund med föreståndarinnan.

Det var inget problem. Hon pekade mot den andra avdelningen. Jag gick in och frågade efter Anna Larsberg

Hon ledde mig in på sitt kontor.

"	Vad kan jag stå till tjänst med."

"	Igår var det en för min familj helt okänd man som hämtade min dotter Irma. Han påstod att han kände hennes mamma. Hur kunde nu detta hända, jag fick en chock."

"	Men detta har jag ingen aning om. Jag blir minst lika chockad. Innan jag kan svara dig så måste jag prata med personalen. Vi hade en vikarie här igår, men alltså det får inte gå till så. Nu kan jag inte göra något. Måste prata med personalen under dagen och när du hämtar så kommer jag veta mer. Ska dock informera alla om att detta har hänt, att de ska vara uppmärksamma under dagen. Jag kan ringa till dig om du tycker det.

"	Ja, tack det vore vänligt. Vi hörs senare, tack ska du ha."

"	Tack själv, det känns inte bra, men vi ska undersöka hela situationen."

Jag hittade Irma på den andra avdelningen, vinkade och gick hemåt.

Funderade hela vägen hem om vad som hänt igår. Vad spelade vikarien för roll. Var det bara ett sammanträffande eller var det ett planerat handlande. Det var en härlig morgon, lite svalt men soligt och ingen blåst. Det blev grönare och grönare i min omgivning, så vackert. Jag hälsade på föräldrar som   med sina barn var på väg till förskola och skola. Som en vanlig vardagsmorgon i Medåker. Varför skulle Irma råka ut för denna händelse. Vad var avsikten. Tänkte faktiskt slå en signal till Krim-Per under dagen, när jag fått besked från Förskolan. Gick till svärmor och där satt hon med Freja och fikade.

" Godmorgon, Alma, fikapaus eller?"

" Ja, en kvart. Gick det bra med barnen."

" Ja, det gick bra. Anna ska undersöka händelsen idag och sen kontakta oss.

Freja undrade vad som hänt. Jag berättade i korta drag vad som hänt.

" Bakom Irma var det en man. När han fick se mig som sträckte ut armarna mot Irma så vända han och försvann. Jag kunde ju inte följa efter. Men jag hade mött en bil i korsningen från Arboga, i kurvan borta vid kyrkan, och jag tyckte jag kände igen honom som körde."

" Men Alex, vad säger du?"

Alma skakade av det hon just fått veta. Jag gav henne en kram.

" Jag pratade med föreståndarinnan Anna på Förskolan och hon sa att det varit en vikarie där igår och att hon skulle ta reda på vad som hade gått fel. Hon var väldigt upprörd av det som hänt."

" Alex, vad är det som sticker i ögonen på någon eller några. Varför vill någon göra oss ont. Vi är ju bara en vanlig familj. Jag tror att det är något i det förflutna, något från våra föräldrar, eller de som bodde i vårt hus innan oss. Det är fruktansvärt.

Jag kan inte förstå allt som händer och heller inte ta in det. Jag måste gå nu, har en kund som väntar."

" Jag förbereder för min utställning. Jag åker i övermorgon, inte idag som jag sa igår. Blandat ihop dagarna. Inväntar dig och sen åker vi in till Arboga och försöker koppla av med kaffe, skulle gärna vilja besöka biblioteket. Okey?"

"   Det låter bra, Alex."

Alma gav mig en puss på kinden och stack iväg hem till källaren som blivit det finaste SPA.

Slipat cementgolv och varma beige väggar med lite touch av olivgrönt.

Jag satte igång med att bädda och plocka lite. Samlade ihop kläder och gick hem och lade i en tvätt. Längtade efter att flytta hem igen. Vi hade fått meddelande igår om att grannens hus skulle vara beboeligt från ikväll. Så det hoppas jag på. Fortsatte i köket med att duka av, fylla diskmaskinen.   Duschade, klädde mig och gick över till mitt hus och knackade på dörren. En konstig känsla. Fick inget svar, tog i dörren, låst. Låste upp och intog mitt kontor. Var lite rörigt måste jag säga. Hade lämnat allt i en hopplös hög. Jag började att sortera foton, tavlor, för att få någon ordning på det mesta. Det skulle delas upp på utställning i Stockholm, biblioteket i Arboga och tidningsartiklar. Det var mycket nu och jag kände att det låg för mig att ha mycket på gång. Jag fick liksom en kick av det. Rensade, sorterade när jag blev avbruten av mobilsignal. Men den låg på laddning, men var?   Rusade ut ur kontoret mot köket, tvärvände och hann fram till köksbordet när signalen upphörde.

" Shit."

Hade lagt mobilen på köksbordet av gammal vana. Kollade numret som var `okänt nummer´. Jag ringde till Förskolan på det nummer man ringer när barnen ska vara hemma."

Förskolan Medsols

"   Hejsan, det är Alex, Irmas pappa. Har någon hos er ringt upp mig, hann inte svara."

"   Ett ögonblick. "

"   Hej Alex, Anna Larsberg. Jag har inte ringt dig. Jag håller fortfarande på att ta reda på vad som hände. Dem som jag behöver prata med är inte på plats eller har möten. Jag hör av mig så fort jag får någon som helst förklaring. Vi håller lite extra uppsikt på Irma så du ska inte vara orolig. Vi har ingen vikarie idag."

" Tack Anna. Vi hörs senare."

Det här var jobbigt, vem var det då som ringt.

Jag hängde tvätten ute. Ingen torktumlare idag. Kläderna doftade fräschare av att hänga ute och soltorka. Jag hörde någon knacka på dörren som ledde från SPA. Öppnade.

". Anna, hörde du att jag var här uppe.?"

"   Ja, jag hörde fotsteg."

"   Ringde till Förskolan men, föreståndarinnan hadde inte fått tag i de ansvariga ännu. Hon sa dock att de håller ett extra öga på Irma idag. Det var skönt att höra, tycker jag."

"   Jag går till mamma och duschar och byter så åker vi.

"   Jag gick in på kontoret och samlade ihop en del tavlor jag behövde och gick över till svärmor som satt ute och insöp en kaffe och Alma kom ut i en vacker klänning som gjorde henne ännu vackrare. Hon hade tappat några kilon efter att ha gått på gym ett tag. Hon var lång, nästan längre än jag. Hon var impulsiv, så där lagom charmigt.

"   Vad vacker du är. Vart vill du att vi ska åka?"

"   Jag föreslår Centrum. De har ju gjort om på övervåningen så fint och de har bra luncher. Vi lämnade Freja där hon satt och lovade att vi skulle handla åt henne. Hon stack en lapp i min högra hand. Vi gick till vårt garage och hämtade bilen och åkte mot Arboga City, yes. Ingen trafik denna tid på förmiddagen. Jag körde ganska lugnt, vi hade ingen brådska vad jag visste.

"   När har du behandling igen?"

"   Inte förrän efter fem i kväll och fram till nio."

Vi parkerade på Stora Torget och gick in på Centrum och tog varsin kaffe och satte oss uppe vid ett fönsterbord. Vi öppnade upp och det var som att sitta ute. Väldigt trevligt och sommar-inspirerat.

Jag sa till Alma att jag hade tagit fel på dag och skulle åka först i morgon. Hon hade också kommit på det på förmiddagen.

Vi pratade om allt möjligt, kanske mest om Irma. Men också om Kreta. Alma hade redan lagt ut en fråga om intresse för att hålla kurs och att delta.

Hon hade fått många positiva svar. Så vi pratade om de möjligheter som fanns. Jag förklarade att det skulle fungera om vi bara kunde vara där en månad innan och göra iordning.

" Vad måste absolut göras? "

" Det måste städas och rensas här och där. Det finns sex rum i stora huset. Fyra rum på övervåningen och WC med dusch. Nedervåningen har två rum och fungerande stort kök samt dusch och WC. Det finns utrymme för ytterligare rum. Vi kan också bygga ut framöver på övervåningen för verksamhet. Men för nu så fungerar det. I det lilla huset bor mor och Georgios, mest på sommaren. De kommer även på vintern och för nu så fungerar det. Vatten och avlopp fungerar och vad jag förstår så är den delen relativt ny. Sen finns en lada med flera förråd som vi ska gå igenom. Den är stor, med flera rum för yoga och även massage. Just nu används de som förråd. I stora huset finns ett litet rum som skulle passa utmärkt för massage. Det rummet där jag och katten sov."

" Så du tror att om vi åker direkt efter skolan så kan vi har kurser från 15.e juli och framåt."

" Ja visst. Sen kan vi ha det som kursgård ända in i sena oktober. Jag kan ha foto-kurs och du kan ha din verksamhet Kreta har ett väldigt bra klimat. Det är möjligt att ha kurser även vintertid. Men vi tar en sak i taget. Vi varvar här hemma. Kurserna betalar allt för oss. Jag tror på det här. Jag har tagit massor av foton på allt, så vi kan gå igenom dem och se vilka vi kan använda i reklamsyfte."

"   Men om vi har yoga hur många sängplatser finns då."
"   Om de delar rum så har vi åtta uppe i stora huset. Jag tänkte på en sak. Varför tar du inte en vecka och åker ner och tittar. Hitta en billig resa, hyr bil, finns på flygplatsen. Jag kan ta reda på en bra firma, och min bror Manolis kan säkert fixa det. Va, har du hört va, min bror på Kreta. Så häftigt. Eller Georgos, min mammas man, min bonuspappa ha ha. Tjusigt. Och barnen har fått en farfar och farbröder och kusiner. Vilken lyx."
"   Det låter bra, ska beställa lunch. Nu vill jag äta."
Men vad i allsin dagar tog tiden vägen. Vi hade suttit i två timmar och pratat.
Alex gick ner och beställde lunch. En fiskrätt och en kötträtt. Vi brukar göra så och sen delar vi. En lättöl fick det bli till det.
"   När vi kommer hem måste jag in på mitt kontor igen. Jag glömde några tavlor och diverse foton."
"   Ja det blir bra, mamma ska hämta idag.
"   Toppengod mat, både fisken och köttet och så att man får en liten sallad till varje portion. Det tycker jag är bra. Vi åt under någorlunda tystnad. Lite småprat mellan tuggorna.
När vi suttit tillräckligt, bestämde vi oss för att betala då mobilen pinglade i fickan.
Alma gick en sväng till presentboden.
"   Hej Alex, Anna från Förskolan. Jag har pratat med vikariepoolen och de sa att de inte skickat någon till oss igår. Jag var inte på plats igår. Jag har frågat personalen och de sa att det var en

vikarie och att de trodde att jag ordnat det eftersom jag inte var närvarande. Det var en frånvarande igår men vi hade bedömt att vi skulle klara oss utan henne en dag. Och hon som kom in, hur visste hon att det var en personal borta. Ska prata med Karin som var borta just den dagen om hon hade sagt det till någon som kunde vara opålitlig. Det är förskräckligt hur det kan vara så sårbart. Vi har ju lagt upp regler för hur vi hämtar och vem som hämtar och vem som vikarierar. Det som hände ska inte kunna hända liksom. Det betyder att det är stora brister. Jag tänker ligga i som tusan för att vi ska bli först med ett nytt system där varje person måste koda in på något vis. Den mänskliga faktorn är för svag verkar det som. Så Alex, vi fortsätter här. Irma mår bra och vi har en personal som är nära mest hela tiden. För det här har chockat oss alla här på förskolan. Personalen är informerade om händelsen och är just nu väldigt observanta."

"   Tack Anna, svärmor hämtar idag runt fyra-tiden."

Alma stor utanför Centrum och väntade och vi åkte hemåt. Alma gick ner till sitt för att städa lite och jag ringde på dörren till vårt eget hem gick direkt in på kontoret som jag skulle behöva städa lite. Tog fram min kabinväska, tömde den och letade efter de foton och tavlor jag haft på tidigare vernissage. Lade ner dem i väskan och sorterade lite i mitt rum/kontor. Behövde nog införskaffa lite vägghyllor.

Jag rensade dessutom i fotolådan där jag lägger ner foton som jag kanske ska ha för ett senare tillfälle. Där fanns inte något jag skulle använda nu. Samlade ihop en del foton för tidningsartikeln och utställningen till biblioteket. Det var två veckor kvar att förbereda. Jag lämnade det åt sidan. Nu måste jag koncentrera mig på vernissaget i Stockholm.

Slog mig ner på min stol och började så smått att rensa. Det var väldigt längesedan som jag gjort det. Mätte lite här och där för att köpa hyllor och skåp. Bläddrade bland foton för att att få fram dem som jag kunde använda och resten lade jag i en kartong som stod på golvet.

Det gick nästan per automatik tills jag fick ögonen på ett foto med några personer jag kände igen. Tog en närmare titt och bland alla så stod mannen som jag sett i bilen då jag skulle hämta Irma.

Han fanns någonstans i vår omgivning. Kände inte igen någon ytterligare på bilden. Satte upp den på anslagstavlan.

Ska fråga Alma om det är någon hon känner.

Mycket omkring mig nu igen.

Det ringde på dörren och jag ropade:

"   Kom in."

"   Hej Alex, det är jag, Pierre.

"   Jaha, hej." jag gick fram och hälsade.

".   Trevligt att träffa dig. Tack så väldigt mycket för att vi fick bo här under denna hemska tid. Huset

vårt är inte helt klart men vi kan flytta in idag. Så vi har begärt städning som kommer om en stund och vi flyttar våra ägodelar. Så ikväll, Alex, kan ni bo hemma igen. Det finns inte ord för vilken tacksamhet vi känner. När vi är klara så hoppas jag och Bella att vi får bjuda ut er någon kväll."
" Tack, Pierre det har ju fungerat bra då vi har bott hos svärmor dessa dagar. Det är okey. Jag är tacksam för att vi kunnat hjälpa och jag hoppas vi kan ses på daglig basis som vi gjorde med Berit och Claes. Hör av er ikväll när ni är klara. Vi kanske kan ta en nattmacka ikväll här hos oss."
" Det låter trevligt. Jag skickar meddelande när vi är klara här."

Matheus och Irma kom inspringande. De hade lekt med Sebastian och Victoria en stund. Klockan hade blivit strax före fem och Alma skulle jobba. Vi lämnade huset och gick till mormor.
Jag hämtade in tvätten, som jag glömt och lade in den i vårt sovrum. Ropade på barnen att följa med mig och handla. Tog bilen och åkte till Jysk som låg lite i utkanten av Arboga. Skulle köpa lite hyllor m,m.
Kom ut på motorvägen och såg bilen igen, med mannen jag kände igen.
Jäklar, hade glömt att fråga Alma. Får inte glömma när hon slutat sitt kvällspass. Vi gick in på Jysk och letade efter det jag ville ha. Hittade både hylla och skåp. En matta som jag gillade och en ny

bords-lampa slank ner i vagnen. Irma hittade en liten matta till sitt rum och Matheus tog ett par tofflor. Hans var ju faktiskt uttjänta så de packade vi ner i vagnen.

Vände hemåt efter att vi trängt in alla kartonger i bakluckan. Det var ett jobb i sig.

Irma och jag ägnade oss åt att sätta ihop hyllor och skåp. Efter en stund kom Matheus och hjälpte till. Vi kämpade på i en timme och sen gick vi ut från vårt hus för städarna kom och skulle städa.

Vi återvände hem till svärmor och i köket satt Alma redan där med en kopp kaffe. Hon hade fått ett återbud från en kund. Vi hade ännu inte pratat om händelsen från förskolan. Jag hämtade fem glassar och hällde på kaffe till mig.

Vi småpratade lite men sen var Alma tvungen att gå ner och jobba ett tag till.

"   Jag har ätit. Vi ses ikväll, puss puss.

"   Jag tänker gå och fixa mina väskor lite, vad ska ni göra, följa med ?"

"   Nej sa de båda samtidigt, vi vill äta, vi är hungriga.

"   Okey, vi äter och sen fortsätter jag."

Sagt och gjort. Almas grytas var supergod.

Jag åt bara lite, inte hungrig. Middagen blev senare än vanligt och barnen kastade i sig maten. VI pratade vid matbordet om allt möjligt. En härlig konversation helt enkelt mycket handlade om Kreta.

Efter maten sprang de till sitt och jag fortsatte att packa.

Irma och Matteus hade duschat och jag letade efter en bok att läsa och gick in på deras rum och satte mig på sängen och väntade. De kom smygande in i rummet, nakna och väldoftande av tvål och tandkräm och tog på sig sina pyjamaser. Så fina mina barn är, tänkte jag. De är ens rikedom, allt annat är förgängligt.

De satte sig på varsin sida om mig och lutade sig mot mig. Jag började att läsa en barnbok som jag skrivit som handlade om "Matt-Irma", ett gossedjur som hade tappat håret.

De älskade den och jag hade berättat den väldigt många gånger men de tröttnade aldrig på den. Naturligtvis visste de inte riktigt vad som skulle hända. Ibland ändrade jag historien lite och då blev det extra kul.

Ögonen föll ihop på dem båda och jag sa godnatt. Matheus sov redan när jag kom tillbaka.

Jag tittade till Irma en sista gång och hon sov också.

Jag tog mig en dusch och satte på mig lite bekväma kläder. När jag kom ut till köket satt Alma vid köksbordet och hade dukat upp lite vin och småplock. Vi tog brickan och slog oss ner framför TV.n. Kunde inte bli bättre.

"   Var är din mamma?"

"   Hon gick över till en väninna."

"   Hur har du haft det på jobbet?"

"   Bra Alex, så fina kunder, och jag är nästan fullbokad en vecka framåt, som jag bestämmer hur jag vill jobba. Det är helt fantastiskt vad lyckat det blev. Och de flesta tycker om min inredning. Ibland sitter de kvar ett tag med en kopp te´ och bara njuter."

"   Det låter underbart och hur är det med yrkes utövarna?"

"   De är också nöjda och kunderna gillar konceptet med olika utövare så de kan prova på meditation, reiki, massage och olika varianter av yoga. Nu har vi en som kör qigong en gång i veckan."

Vi fortsatte att småprata och vi kom in på Kreta naturligtvis och sen kom jag ihåg att jag skulle visa Alma fotot jag hittat under dagen.

Alma avbröt mina tankar.

"   Alex, jag har ombokat en vecka för att resa till Kreta. Det blir när dina jobb är avslutade. Tänkte på utställningen i Stockholm. De andra uppdragen kan du väl göra på dagtid.

" Ja det låter bra. Det är inte så mycket. När hade du tänkt att ge dig av? "

"   Det skulle passa mig om ca två veckor. Tanken är att resa torsd-onsdag. Att komma hem innan juni så vi har tid att planera. Kan det funka för dig."

"   Det blir bra, så boka du efter när du kan så du får se hur det är. Det är fantastiskt. Nu ska du få se ett foto som jag hittade idag på några jag inte känner. Kanske det är några kompisar till dig."

Jag reste mig ur soffan och hämtade fotot och visade Alma.

"   Var hittade du det här fotot, det är mitt, från någon utbildning jag gick över en helg. En fördjupnings-kurs, tror jag det var. Det är flera år sedan."

"   Jag hittade det idag när jag rensade på kontoret. Jag har varit på Jysk och köpt två hyllor och ett skåp. Men vem är han där till höger." Pekade ut honom som jag sett köra förbi två gånger och sprungit efter Irma.

"   Jaha. Han var en kursmedlem och vi hade något gemensamt, men vad var det. Jag kommer nog på det om en stund. Varför frågar du det?"

" Jo, det måste vara chauffören i bilen jag mötte." Alma blev likblek i ansiktet, stirrade rakt fram, sa inte ett ord för en lång stund.

" Jag tror att jag vet vad som var lite konstigt med honom. Vi hade inget gemensamt utan det var något med honom, så var det, viskade hon.

"   Vad?"

"   Han satt där på sin kant, liksom som att han ville vara för sig själv fast en i gruppen. En dag när jag kom lite senare, hade försovit mig och alla satt och åt frukost, gick jag förbi där han satt med sin dator och han tittade på barnporr, Alex.

"   Vad i hela friden, och hur hamnade han här, omkring oss och vad heter han.

"   Jag tror att han heter Peter, men efternamn kommer jag inte ihåg. Han bodde i Kungsör då. Jag tror att han heter Lostén tror jag, men jag är inte helt säker. Det namnet kom upp nu."

Men hur, varför Irma. Han vet ju inte vems dotter hon är. Jag menar, det kan inte vara riktat mot oss bara för att han är galen. Men där var ju en tjej också som jobbade som vikarie som ingen hade någon kontroll på. De kanske gör detta på olika förskolor och inte bara på vår.

" Det kan vara troligt, att det är ett sammanträffande."

" Förresten jag pratade med Anna på förskolan men hon kunde inte förstå det som hänt men hon har tagit till all säkerhet som finns på vår förskolan. Hon tänker gå till botten med detta. Så jag tycker att vi ringer Per imorgon och berättar vad som hänt.

Vi avslutade det samtalet och fyllde på lite vin, tittade på en serie vi brukar följa lite ibland, och vi somnade i soffan i varandras armar.

Vi blev väkta av mobilen. Det var Pierre som meddelade att de hade lämnat vårt hus. Nyckeln låg i brevlådan. Han sa att det var sent och ville inte störa oss. Alma satte sig upp och vi bestämde att vi skulle sova hos svärmor. Var hon hemma eller? Vi reste oss och tittade in hos Freja som sov gott och vi gick och till sängs. Somnade vi? Ja förmodligen.

Torsdag

Väckarklockan ringde inte men på sängkanten satt en ung man och ryckte i mig. Älskade Lowe.
"   Älskade Lowe, godmorgon, hur mycket är klockan."
"   pappa, klockan är kvart över sju, och Irma är i köket med mormor och äter frukost. Jag har satt på kaffe så kom."
Jag blev mållös. Drog på mig mina älskade byxor och gick upp, kände doften av kaffe. Bordet var dukat och där satt två lyckliga barn och mormor och åt frukost. Jag slog mig ner och gav Irma en puss på kinden.
"   Godmorgon mina kära, tack för att ni ordnat en så fin frukost."
Alma anslöt, färdigklädd för att jobba. Hon sa godmorgon, pussade oss alla tog en kaffe i ena handen och en macka i den andra och sa hej och gick till jobbet.
Jag drack lite kaffe och när barnen var klara drog jag på mig en jacka och vi gick iväg. Lowe avvek till sin skola och jag följde Irma ända fram till förskolan. Ut kom Anna, föreståndaren och hon berättade att de hade möte igår om det inträffade och hade bestämt att polisanmäla.

"   Det var bra, vi ska också anmäla för jag har mött en bil ett par gånger här omkring. Vi ska lämna uppgifter om den mannen. Jag har en bekant inom polisen som jag ringer till och jag berättar för honom att våra ärenden förmodligen har ett sammanhang. Är det okey."
"   Ja absolut."
Irma hade redan försvunnit in på sin avdelning så jag sa hej till Anna och promenerade sakta hemåt. Vädret var underbart. Våren var verkligen långt gången och jag njöt av allt som började blomma. Våran stora resa skulle bli av och det var en del som vi måste ordna. Den stora resan var den till Kreta. Jag hade ett hopp om att vi skulle kunna åka ner iår. För planering och semester med sol och bad.
Men nu skulle jag hem och packa det vi hade hos svärmor. Vi kunde flytta hem igen, underbart.
Tog nyckeln till vårt hus och gick över gården och låste upp. Det var skinande blankt, doftade underbart och jag tänkte: skönt att vi slapp denna vårstädning.´
Släppte det jag hade innanför dörren och fortsatte att sortera på kontoret och packa det sista för Stockholm och vernissaget.
Det kändes lite sådär att sitta inomhus när det var så fint väder men det kommer flera dagar. Flyttade in packningen till köket och satte på kaffe och bredde mig en macka. Fyllde på kaffet och då kom Alma.
"   Kafferast."

"   ja, älskling, för kort för den samvaro jag vill ha med dig, men en kaffe får väl duga."

Hon hade glimten i ögat, den tjejen. Hon såg sig omkring och njöt. Hon fällde samma kommentar som jag just gjort.

"   Alex, vi slapp vårstädningen."

Vi skrattade åt det och vi pratade om Kreta igen och nästa vecka bestämde vi oss för att ägna vår lediga tid åt att planera och förbereda ordentligt. Inte boka in något extra förutom det som vi måste göra. Alma måste bestämma när hon skulle åka till Kreta.

Alma försvann nästan innan vi hade avslutat sista meningen. Jag ställde undan frukost och dukade av och fortsatte på mitt kontor.

Det var en del kvar att sortera och många foton som jag inte sett på länge. De låg i kartonger. Jag tog fram mina pärmar som jag inhandlat dagen innan och ställde de i hyllan.

Det skulle säkert fylla två pärmar så jag sorterade i olika lådor till att börja med. Hade en del på familjen och resten var för mitt fotoarkiv.

Tog fram en del fotografier som var intressanta för mitt jobb och satte upp på anslagstavlan. Rensade bordet och torkade av och det kändes genast bättre. Satte upp lite fotoramar på hyllan jag köpt och ställde in kartongerna i skåpet. Det blev mycket bättre. Öppnade fönstret och vädrade lite, hämtade skurhinken och torkade golvet. Min utsikt från kontoret var oslagbar. Skog och gröna ängar.

De foton som jag skulle ställa ut i Stockholm till helgen var redan på plats.

Slog en signal till Alma. inget svar.

men efter en stund kom ett meddelande.

´ jag är klar om en timme, vill ha lunch, fixar du.´

´Ja´

De flesta av mina foton fyllde mina pärmar. Gick ut i köket, öppnade kylen och fann grönsaker för en rejäl sallad. Sagt och gjort, surplade i mig det sista kaffet samtidigt som jag gjorde iordning maten. Sköljde, rensade, hackade och lade i en stor skål.

I frysen hittade jag lite räkor. Ställde in dem i kylen och gick in på kontoret och ringde till Krim-Per

"   Hej Per, hur har du det nuförtiden."

"   Jo det är bra,."

"   Jag har ett ärende till dig."

"   Jasså, har det med det förgångna att göra."

"   Nej, det vet jag inte. Det är en incident som hänt på Irmas förskola. Jag skulle hämta henne en eftermiddag och när jag kom till förskolan så var hon redan utanför området. Och efter henne gick en man eller rättare sagt, sprang. När hon började springa mot mig så försvann han.

Jag gick inte tillbaka till förskolan utan vi gick hem och jag ringde Föreståndarinnan.

Hon var inte där och jag bestämde mig för att höra av mig nästa dag."

"   Jaha, det där låter onekligen knepigt. Sa du att förskolan gjort en anmälan i samma ärende."

"   Ja, Anna Larsberg, föreståndaren ska ha lämnat in eller ska under dagen.

"   Alex, jag ska samla alla uppgifter och hör av mig under dagen."

Krim-Per avslutade samtalet som vanligt. Nästan innan sista meningen var klar.

Gick upp och klädde mig för dagen.

Fortsatte med lunch förberedelser.

Dukade lite extra fint, och satte ihop en dressing på äkta kall pressad jungfruolja som jag haft med mig från grannen på Kreta. Vilken lyx.

Blandade i citron, havssalt och lite persilja och körde med stav mixern. Blir en utsökt dressing.

Havssaltet kom också från grannen på Kreta.

Fyllde på vattenkannan med kallt vatten, citron och lite mynta.

Dörren från nedervåningen öppnades och in kom den vackraste kvinnan på jorden. Den kvinna som förärat mig två underbara ungar.

"   Men, hej Alex, vad fint du har gjort och vad snygg du är."

"   Tack, detsamma, vill du ha ett glas vin."

"   Nej, tyvärr jag ska jobba om en halvtimme. Hur har det gått med förskolan."

"   Jag har ringt till Krim-Per och Anna Larsberg skulle skicka in en anmälan."

"   Vilken god dressing, så fräsch."

"   Olja och havs-salt från Kreta, persilja och citron."

Vi åt under tystnad och det var väldigt gott, även med citronvatten istället för vin.

Halvtimmen passerade fort och Alma var tvungen att gå till jobbet. Det blev en långkyss, inte en sån på avstånd utan en lång, kärleksfull riktig kyss. Vi slet oss ifrån varandra som två nykära.

Vilken härlig känsla.

Jag dukade av och fyllde på diskmaskinen.

Fortsatte mitt uppdrag på kontoret när mobilen hördes, men hann inte svara. Tittade var det kom ifrån och ringde upp.

"   Hej Alex, jag har fått in allt material som Anna skickat in plus din anmälan. Vi går genom det. Har en fråga bara. Vad var det för märke på bilen som mannen körde.

"   Det vet jag inte. Idag är det så många som är så lika så det är svårt att säga."

"   Okey, men färg kanske."

"   Ja det var en sliten silvergrå bil."

"   Jaha, det blev man ju klok på."

Det gav anledning till skratt mitt i den sorgliga historien.

"   Jag hör av mig."

Krim-Per la på innan jag ens hann säga hej.

Mitt arbete på kontoret fortsatte och jag slog en signal till Mac.

"   Hej, Alex här."

"   Hejsan, hur har du det, är du hemma nu."

"   Ja , jag kom i söndags."

"   Okey. Det är så här. Jag kommer tidigt imorgon bitti från Chania. Vi ska gå på vernissage hos en vän till mig. Jag vill att han ska träffa dig för ni kan säkert ställa ut tillsammans i framtiden. Han är också fotograf. Sen tar vi en liten lunch tillsammans. Din fru kommer väl imorgon kväll."

". Ja det gör hon och vi har bokat rum i stan."

". Okey, imorgon måste vi vara i lokalen vid ett och då ska jag dela upp utrymmet för var och en av er utställare. Det betyder att jag skulle vilja att du är i Spånga strax före tolv.

Vernissage-öppningen sker klockan två imorgon eftermiddag och klädseln kan spela roll. Tänk på det, ska vara något som du känner dig bekväm i och som representerar dig som person, förstår du vad jag menar."

"   Ja, det låter bra."

"   Ok, vi ses imorgon i Spånga. Du är hjärtligt välkommen.

"   Tack Mac, ska bli en ära att få vara med."

Samtalet tog slut och jag gick igenom mina verk jag skulle ha med mig till Stockholm, och funderade över vad jag skulle ha för kläder. Tanken är väl att man har samma kläder i de dagar det är vernissage, för att bli igenkänd.

Boendet behövde jag inte fundera över eftersom Alma bokat.

Gick upp till sovrummet och tittade igenom min garderob. Det fanns det jag skulle ha.

Fortsatte sen på kontoret.

Hörde en dörr slå igen från någonstans men reflekterade inte över det. Kanske Alma som glömt något. Lade ner de sista tavlorna i väskan och lämnade den i rummet. Skulle ta den när jag skulle iväg.

Skickade sms till Alma. Efter en stund kom svaret: `vi äter hos mormor, men sätt på kaffe så fikar vi om en stund.`

Tillbaka till kontoret och kollade det sista för morgondagen. Allt packat och klart. Satte på kaffe till mig och Alma. Hörde en smäll, som en dörr och tänkte att det vara andra gången. Kan ju inte vara Alma som springer ut och in eller upp och ner i trappan.

Gick runt och tog i alla dörrar varav en dörr var lite öppen, den till altanen.

Gick ut och tittade mig omkring. Nertrampade växter, nej det syntes inte som att någon gått där.

Var dörren uppbruten, nej. Då kunde den inte varit låst. Det är inte första gången i så fall som vi glömmer, fast vi sagt att vi måste komma ihåg efter allt som hänt.

Jag gick in och stängde dörren och låste den då jag hörde något bakom mig och vände mig om.

"   Viola, vad i allsin dar."

"   Alex, förlåt mig för detta intrång, men jag är rädd och uppgiven och du är den ende jag kunde tänka mig att vända mig till."

"   Men vad du skrämde mig, varför knackade du inte på ytterdörren som vanliga människor. Vad är det som har hänt, kom nu och sätt dig ner vid köksbordet. Du vill väl ha kaffe, Alma kommer om en stund och gör oss sällskap"

"   tack snälla, vill gärna låna WC."

Pekade mot hallen och dukade upp med lite hembakat. Viola kom och slog sig ner på en stol.

"	Viola, berätta."
"	Jag åkte med ett tidigare plan från Iraklion, för vi hade bokat olika plan. Jag var där på besök hos en väninna där. Och du åkte väl samma plan som Tomas från Chania?"
".	Jag stötte på honom på Atens flygplats Venizelos. Jag blev väldigt överraskad. Sen kom polisen och bad honom att följa med. Han kom ombord en stund efter sista utropet. Jag satt redan på min plats och han kom förbi mig och klappade mig på axeln. Han satte sig på sin plats och vi pratade lite senare. Och vad gjorde du då."
"	Jag landade lite tidigare och väntade på Tomas på Vasagatan."
"	Jag såg dig på Arlanda när du gick ut. Du hade kommit med ett flyg från Iraklion. Det landade strax innan vårt, det var lite försenat, eller hur. Jag delade taxi med Tomas från Arlanda och han sa att han skulle sova hos en kompis i stan men jag följde honom en bit ut på Vasagatan och såg att han gick till McDonald´s och där stod du och väntade. Du minns väl att jag ringde till dig och du ljög om att du var i Aten?"

Viola fällde ner blicken och tystnaden blev total.
Hon satt så i nästan en minut. Kanske hon funderade på hur hon skulle ursäkta sig för sin lögn.
"	Alex, allt är så komplicerat."
"	Viola, det blir väl det man gör det till."
Tystnaden lade sig som ett tjockt moln över oss.

"   Antingen måste du säga sanningen, om du vill att jag ska lyssna, eller så går du härifrån. Vi är ju visserligen kusiner men det är ingen ursäkt för att jag ska ta emot lögner. Om du talar sanning däremot så kanske jag kan hjälpa, annars är det svårt."
Dörren från källarvåningen öppnades och in kom Alma, glad som en lärka. Hon tvärstannade en sekund och sen kom hon fram och tog Viola i hand.
"   Detta är Viola som jag pratat om. Vi är kusiner. Hon är min farbror Carlos dotter och vi som ska dela på huset. Men Viola har avsagt sig och vill bara komma och vara i lilla huset och få olivolja. Om vi ska sälja vill hon vara med. Det ska vi skriva under när vi kommer tillbaka till Kreta.
"   Trevligt Viola, jag jobbar i huset, i källaren som jag gjort om till SPA. När ska du åka tillbaka till Kreta."
"   Så snart som möjligt Jag har en liten lägenhet i Chania och vill helst vara där. Men har något jag måste ordna här."
Vi fikade. Viola var väldigt förtjust. Vi språkade lite om allt möjligt. Viola berättade om sig och vad hon jobbade med och då kom överraskningen.
"   Jag är bl.a vandringsledare. Har jobbat för Tema-resor ett tag bl.a."
Men annars gör jag egna vandringar på Kreta.
"   Va, men det skulle ju passa utmärkt. Jag är massör och jag och Alex ska försöka att få ihop grupper till Kreta redan denna sommar. Och mina

ledare som jag har här är massörer och Reiki
utövare. Så om man kan göra en grupp som kan
vandra, bo och få massage och annan lyx. Vad
säger du om det.
"   För mig skulle det vara en dröm."
"   Men Viola, varför nämnde du inte detta när vi
sågs på Kreta."
"   Alex, det var så mycket annat just då så jag
tyckte att vi kunde prata om det senare.
Vi avslutade måltiden och Alma gick till jobbet
medan Viola och jag dukade av och nu skulle det
bli allvar.
"   När kom du hit. Du stod ju och väntade på
Vasagatan."
"   Okey, jag åkte från Iraklion lite tidigare. "
"   Ska jag tro på detta. Vad Tomas beträffar så tar
vi det sen, klarar du det. Nu när du ändå är här så
kanske vi kan kontakta min advokat och se vad
som står i alla papper så vi kan skriva ner vad vi
vill. Det är alltid bäst att ha det på pränt, även här
i Sverige."
"   Ja det håller jag med om. Jag ska vara här en
månad. Om ni vill kan jag annonsera om att jag
ska ha vandringar på Kreta. Det finns väldigt fina
vandringsleder runt er."
"   Låter bra, men vi måste fixa huset och vi vet
inte riktigt vilken månad vi åker ner. Men du har
väl vandringar ändå. Jag kontaktar min advokat
idag och sen hörs vi nästa vecka. Hur kom du hit:
vill du ha skjuts."

"   Nej jag har lånat en bil av en kompis. Den står bortom skolan."

"   Du är nog lite mystisk du, Viola. Det kommer att ta ett tag tills jag tycker att jag kan lita på dig. Men jag hoppas väldigt mycket att allt är som det ska för jag gillar dig, kära kusin."

Vi tog avsked och hon gick ut samma väg som hon kom.

Jag slog en signal till advokaten. Automatisk telefonsvarare. Lämnade ett meddelande.

Jag skulle precis gå då det ringde på dörren.

"   Hej Alex."

Anna Larsberg från förskolan.

"   Alex, vi har kommit någon på spåret efter en liknande händelse på en annan förskola. Resurser har satts in nu på alla förskolor. Vilket betyder att när det kommer vikarier så kollas de upp i datorn men vi yppar inget. Vi kontaktar krim-Per omedelbart och så kommer de inom en stund. En personal kommer att vara nära den misstänkte utan att den tar notis om det tills civila poliser anländer. Vi hoppas att kunna lösa detta snabbt. Det betyder också att denna händelse inte är direkt riktad till dig."

"   Det låter bra. Tack Anna för att du har engagerat dig så mycket, tack."

Kändes skönt att detta var avklarat.

Resten av dagen förflöt med att jag funderade väldigt mycket på Viola. Hon var inte att lita på.

Advokaten ringde och jag bokade in mig till nästa torsdag.

Barnen blev hämtade av mormor och när de kom hem sprang de direkt upp på sina rum. Lika snabbt kom de ner. De visade vad de fått av grannarna i present för att de hade lånat ut sina rum. Det var varsin liten ryggsäck innehållande pyjamas, bok, och varsin påse med lördagsgodis. Lyckan var fullständig.

Inget särskilt utöver det vanliga resten av dagen.

Vad jag och Alma gjorde hela kvällen behöver ingen få några detaljer om. Vi njöt däremot av varje sekund.

Jag fick ett sent sms med ett meddelande: Ni är välkomna på middag hos oss på lördag eftermiddag vid fyra-tiden. Välkomna. Svarade vänligt att vi skulle till Stockholm över helgen.

Och sömnen tog oss så småningom.

Fredag

Morgonen förflöt som vanligt, nu när vi var hemma Barnen till skolan med Alma och vi tog en fika innan hon skulle ha sin första kund.
Jag fyllde bilen med vårt bagage och låste alla dörrar till huset. Den proceduren hade blivit viktig, verkligen. Jag gick ner till Alma från hennes Entré i källarplan och gav henne en puss i alla hast. Hon gav mig en kärleksfull blick och jag glömde direkt att jag skulle iväg. Kom till sans och sprang ut till bilen och körde mot skolan där jag fick se Matheus, som hade rast. Ibland var de i parken med en lärare. Jag stannade bilen och klev ur.
Satte mig på bänken och kopplade av med att titta på barnen medan de lekte. Det var inte så många barn. Ett äldre par satt och fikade. Ett yngre par satt på en bänk och ägnade sig åt annat än att passa barn. En bit bort såg jag en ensam man sitta och titta på ett par barn som skrattade och kastade sand utanför sandlådan. Mannen satt med händerna i byxfickorna men helt plötsligt kastade han huvudet lite bakåt. Inte så våldsamt men jag förstod ju var det var för känsloyttring.

Jag tog fram min mobil och zoomade in mannen och såg till min förskräckelse att det var samma man som hade försökt att ta med sig Irma från Förskolan.

Jag ringde omedelbart till Krim-Per. Medan vi pratade skickade han en patrull.

"   är han kvar."

"   Ja han sitter fortfarande på bänken och tittar på barnen som en person som kopplar av en stund. Det är han, det ser jag. Nu reser han på sig och går fram till en flicka och pratar med henne. Jag sitter på ett avstånd då jag kan lätt ta mig dit om det behövs.

Men nu kommer en kvinna springande och hämtar flickan och skäller på mannen. Han går mot utgången och där står två män. Skickade du civila."

"   Ja, jag tyckte det var bäst."

"   De stoppar honom nu och han protesterar lite men de tar honom med i bilen.

Matheus kom fram till mig och vi pratade en stund tills läraren kallade på barnen att de skulle tillbaka till skolan. Det blev stora kramen.

"   Matheus, jag åker till Stockholm nu för utställningen. Så ses vi på söndag kväll."

Jag vinkade till Matheus och åkte mot Stockholm. Vädret var klart och inte mycket trafik. Stannade på vägen vid Strängnäs och tog en fika. Det tog mig drygt en och en halv timme att komma till Spånga. Ringde till Mac. som kom direkt och vi åkte till Vernissagen i Stockholm. Dåligt med

parkering men Mac hade skyltar som vi la i bilfönstret. Vi hade tillåtelse att lasta ur. Perfekt.
Det gick fort och lokalen var fantastiskt vacker med fantastiskt ljusinsläpp. Jag gick runt och bara njöt av detta tills Mac ropade och vi skulle vidare. Vi körde till en parkering som var ledig och promenerade därifrån till hans väns lokal som var ett par hundra meter bort. Konstnären och likaså fotografen, var en berömd skådespelare. Vi pratade lite konst men sen kom det fram att han ville att jag skulle bli hans familjefotograf. Spännande.   Vi bytte mobilnummer och tystnadsplikt utlovades. Jag betonade att jag var ganska upptagen och ville veta i god tid när han ville ha mina tjänster. Vi tog i hand på det och sen gick vi till en välkänd restaurang som jag hade hört talas om. Där väntade de andra utställarna och vi åt en underbar lunch och diskuterade våra alster. Vi blev avbrutna av Mac som inte hade ätit, för att bege oss till Vernissaget för att hänga tavlor.
Jag fick en plats ganska nära in/utgång. Det kunde vara både bra och dåligt. Men jag var nöjd och började att hänga upp mina alster. Det spikades och hamrades i drygt en halvtimme och sen blev det helt tyst. Vi samlade våra stolar i mitten av lokalen och pratade en stund om vad vi ville med våra verk denna dag.   Efter en stund knackade det på dörren och Jacob gick och öppnade.
In kom Jens, Strumpans man och Almas bror.

"   Välkommen Jens." sa Mac.

Jag reste mig och gick fram och hälsade. Han var försenad och började hänga sina tavlor på ämnad plats.   Efter en stund anslöt han till oss övriga. Han hade blivit försenad av olika anledningar och berättade snabbt om sitt motto för denna utställning.   Det blev som Jacob sagt när vi sågs på Kreta. Den gemensamma tråden är röd. På ett eller annat sätt. Affischen på ytterdörren hade en röd tråd som drogs mellan namnen på de medverkande utställarna. Mycket intressant.

Tiden för öppning närmade sig och vi intog våra platser. Jag flyttade om några tavlor som jag tyckte inte passade och tog några ur lådan jag hade. Min tanke var att byta ut och möblera om under dagen, för att visa så mycket som möjligt.

Hade ingen erfarenhet av det men det trodde jag på. Dörrarna öppnades och in kom besökare med kameror. En del med block i handen.

Det var alltså press och TV.

Till mig kom en ung kvinna som ville intervjua mig för Västmanlands lokal TV. Hon var på uppdrag från SVT.s Lokala enheter. Kul tyckte jag.

Blev bra reklam för mig och mitt företag. Kunde också ge viss hjälp till vår verksamhet vi skulle skapa på Kreta. Kvällen förlöpte med besökare i jämn ström. Så pass att man hann prata med de som ville ställa frågor. Så trevliga människor, med intresse för foto och konst i stort. En del kom fram till att den röda tråden just var röd och gillade idén. En herre kom fram till mig och gillade väldigt mycket mina tavlor. Han tingade en och skulle återkomma på söndag.

Klockan närmade sig elva och vi var alla trötta. Vi lämnade lokalen tillsammans och skildes åt vid parkeringen. Jag tog bilen och körde mot hotellet som låg vid Odenplan. Hotellet erbjöd parkering och jag gick in i lobbyn men Alma hade inte anlänt. Checkade in och åkte upp till tredje våningen och rummet var litet men vackert inrett och rent och fräscht. Tog mig en dusch och lade mig på sängen. Vaknade till av en kyss på munnen.

"   Alma, välkommen. Jag drog ner henne på sängen och gav henne en jättekram. Hon reste sig och gjorde sig iordning för natten. Hon kröp ner under täcket och jag kände hennes kropp mot min och blev alldeles varm. Vi somnade sen.

Lördag

Jag hade svårt att vakna denna morgon. Alma sov djupt så jag väckte henne inte.

Klädde mig för dagens äventyr i mina tunna ljusgröna linnebyxor med kavaj, en svagt blommig skjorta och en liten snusnäsduk om halsen. Mina bruna loafers hade fått en påstrukning av skokräm och jag kände mig nu som en ´riktig konstnär´. Hur man nu känner sig som en sån. Alma vaknade till och sa:

"   Godmorgon. Stilig du är, ser ut som en riktig konstnär i den klädseln. Seriöst. Har du sovit gott.?".

" Oooooh, som en prins, min kära prinsessa.

Jag ville krypa tillbaka till sängen men min tid var ute.

"   Ska jag beställa frukost åt dig, roomservice?

" Fin tanke men jag tar den nere i frukostrummet."

Jag hade blivit kontaktad av Jens igår och skulle plocka upp honom.

Jag tog en promenad i stan efter frukosten. Det var en skön, solig morgon. Inte mycket folk och jag besökte Kungsträdgården för att titta på de blommande körsbärsträden.   Så vackert. Hade naturligtvis kamera med mig så det blev några foton. Rörde mig i Gamla Stan med omnejd och hittade ett lite matställe där jag tog en kaffe. Satt ute på härliga får fällar och tittade på turister som passerade. Jag skulle befinna mig på Vernissagen strax innan två. Jag gick sakta tillbaka till lokalen. Inhandlade lite tilltugg och dricka. Stötte på Jens Väl framme så var de flesta konstnärer redan där. Jacob hade lagt upp lite bjud snacks på varje bord. Det skulle finnas men hade med mig lite extra. Jag fyllde mitt bord med glas, alkoholfri champagne och lite extra snacks från en hälsobutik.

Hade dessutom satt ihop en liten speciell skylt med foton från Kreta och information om den verksamhet som skulle drivas där. Alma hade hjälpt till med beskrivningen och det såg bra ut.

Känslan av nervositet infann sig, detta var första gången som jag skulle delta i ett vernissage. Mac hade lagt ut en notis i någon tidning. Jag fotade mig med mobil kameran och såg en man i sina bästa år, klädd för att sälja sig själv och sin konst på Vernissage i Stockholm. Vilken utmaning. Jag samman-strålade med Jens på vägen och vi hade tagit en promenad till lokalen. Jens var väldigt fint klädd.

" Jens, vad står din konst för. Dina målningar och foton, har du något tema."

" Nej, inte vad jag kan se. Jag fotar mycket i naturen och målningarna är lite mer abstrakta. Det finns ingen gemensam nämnare utan det är mer på känsla. Jag ställer ut en del, ramar in och sen har jag mina alster i lådor som folk kan titta på.

Där får jag också inspiration om vad som är populärt. Det röda i mina alster är att min signatur alltid skrivs i rött. Och du, Alex, vad har du för tema."

"	Familjen, Inte bara min. Idag är den röda inramningen min tråd. Jag har frilansat några år och haft lite utställningar i Arboga och Köping med omnejd. På bibliotek och lokala utställningar. Små tidnings reportage.

Anders som på sin anvisade plats och han var väldigt strikt i sin klädsel, likaså Mac. De hade vanan inne och varit med ett tag.

Ett bord var dukat med kaffe och lite småkakor. Vi samlades där. Mac berättade lite om vad som kommer att hända. Inte mycket folk på förmiddagen oftast och om vi skulle sälja så går det bra om ni har att hänga upp nya hela helgen. Inga tomma väggar imorgon alltså. Han sa också att vi skulle ta fram alster och lägga på det bord som tillhörde vår avdelning.

"	Champagne ligger på kylning och jag har min dotter här som kommer att servera under dagen. Förresten måste man väl äta under dagen. I köket finns soppa med lite småplock. Har ni några frågor så säg bara till. Det här ska bli väldigt intressant. Lycka till."

Vi drack vårt kaffe och drog oss till våra bords platser, med våra alster.

Förmiddagen avlöpte ganska lugnt och Mac sa att det är vanligt. De som kommer är konstfolk men på eftermiddagen så kommer mer allmänheten.

Jag hade ett besök av en konstkritiker som var väldigt förtjust i mina svartvita foton inramade med röda ramar. Den effekt som jag tyckte var bra. Han berömde mig för min tanke och skulle lägga upp en bild i sin artikel för en kultur skrift.

Jag såg mig omkring och såg Jens en bit bort. Var ett tag sen vi sågs. Vi hade inte pratat om det på morgon promenaden. Jag drog mig bort till hans bord.

" 	Men Jens, inte visste jag att du var konstnär. Det kom som en överraskning igår.

" 	Jag har börjat lite smått att måla i akvarell men fotar också. Jag känner Mac sen tidigare så han erbjöd mig en plats."

Mannen som hade sina tavlor bredvid kom fram och presenterade sig.

" 	Jag heter Niklas och är från Skåne och känner Mac sen han bodde i Skåne. Vi har haft några utställningar ihop. Jag tycker jag känner igen dig från något event men var. Det klarnar nog under helgen."

Jag sa att det måste vara vid någon annan sammankomst för jag hade aldrig varit utställare på vernissage tidigare.

Var inte många besökare och de första var konstkännare, konstnärer och fotografer.

Anders iakttog oss på avstånd och samtidigt kom Mac genom dörren.

" 	Ser mycket bra ut. Snart kommer det fler privatpersoner. Det brukar bli så efter att de shoppat 	och/eller intagit lunch så går de på vernissage. De första privatpersonerna kom runt tvåtiden. Ca femton personer samtidigt. Lokalen fylldes på tills stängningsdags. Det bjöds på Champagne med tilltugg. Ett par kom fram till mig och tittade väldigt intensivt på mina foton.

De frågade om jag hade tid för en fotografering i slutet av månaden. De skulle ha ett dop på ett slott i Sörmland.

Jag tog fram almanackan och skrev in datumet och deras mobil.nr. De fick mitt nytillverkade visitkort.

De stod kvar ett tag och vi språkade om bilderna som de tyckte var mycket vackra familjebilder.

Stod i mina egna tankar när jag avbröts av av en ung dam som stod länge och iakttog mina tavlor.

"   Är det ni som är fotografen."

"   Ja det stämmer."

"   Fantastiska bilder och inramningen i rött känns bara så rätt. Jag heter Beata Foskin Jag är också fotograf, i modebranschen. Undrar om jag kan få höra av mig till dig för jag har lite ideér som jag vill bolla med någon. Det verkar som att du är den där "någon".

"   Ja det låter intressant, ta mitt visitkort. Hör gärna av dig, spännande."

"   Först vill jag "tinga" en bild. Den som hänger längst ut med barnen på. Den talar till mig väldigt mycket. Jag har inga barn, ännu ,men jag gillar ungar."

"   Ja det går bra, skriver såld och du kan hämta den imorgon vid stängningsdags."

"   Tack, då ses vi imorgon, Alex. Lycka till i helgen."
"   Tackar."
Ett nytt par stod och iakttog mina foton och diskuterade det de såg. Jag närmade mig dem men när jag kom fram lämnade de utställningen. Jaha, en del kanske inte vill diskutera fotografierna, kanske bara titta.
Jag måste ändra taktik, kanske stå kvar vid mitt bord och bara invitera till lite champagne och småplock. Det kanske skulle fungera bättre.
Gick en vända och pratade lite med Jens. Han hade fått några alster sålda. Kvällen gav inte mycket mer än så. Några kom fram och pratade och frågade. Två tavlor reserverade till söndagen.
Kvällen förflöt och vid niotiden var det dags att stänga. Mac tog till orda:
"   Jag har stängt entrén för nya besökare så vi väntar ut dom som är inne. Sen packar vi ihop och lämnar våra verk här. Jag låser så det är säkert."
Slut för idag. Klockan var över nio och ingen Alma hade dykt upp. Vi lämnade allt som det var till morgondagen och Mac låste.
Jag slog en signal till Alma som inte hade visat sig på hela dagen.
"   Alex, har träffat några gamla tjejkompisar och vi har fikat och pratat och lunchat och pratat. Jag har skickat ett sms till dig, min prins.
"   Okey, vi ska ut och äta ikväll. Om du har lust skickar jag sms var vi är. Annars ses vi senare. Puss o kram."

Vi tog en promenad och småpratade lite tills vi stannade framför en restaurang. Ett litet ställe med några få bord. Vi klev in och en servitör tog emot oss och vi leddes till ett bord.

Skönt att slå sig ner. Tänkte på morgondagen, vad skulle hända.

" Jaha vad får det vara att dricka. "

Vi kom överens om att dela på lite vin. Kändes lagom, det var arbetsdag imorgon också.

Samtalen hölls ganska strikt till det vi var där för.

Konstverken och mina fotografier. Vi var medelålders män från mig och uppåt. Mac o Anders hade stor erfarenhet av utställningar medan jag och Jens låg i lä. Niklas har haft egna utställningar med sina hantverk. Målar på träplattor. Väldigt intressant. Ulla följde inte med för hon var trött. Hon hade landat sent kvällen innan och jag hade inte pratat med henne under dagen.

Maten var utsökt. Tre rätters med en dessert som jag sent ska glömma. En skapelse i filodegs-grotta fylld med choklad-doppade jordgubbar och glass, toppad med vispgrädde som var röd/vit. Jag som inte varit så hungrig åt som jag inte sett mat på veckor. Fantastiskt gott.

Notan var betald och vi tog en promenad till det hotell som låg i närheten och Mac sa att han bokat åt Jens och Anders.

"   Tack för ikväll, vi ses klockan tio. Om jag vaknar i tid kommer jag och gör er sällskap till frukost. Godnatt Anders o Jens, vi ses morgon."
Jag och Mac promenerade sakta för kvällen var riktigt fin och det var inte kallt. En del folk såg vi men inte så många som man skulle kunna tänka sig en lördagkväll.
Vi var ganska tysta och jag tror det berodde på att vi båda var trötta. Vi skildes åt och jag gick sakta till hotellet ett stenkast bort.
Dörren till hotellet var låst så jag ringde på klockan och en kvinna öppnade.
"   Är det Alex Bofakis."
"   ja det stämmer."
"   Alex, välkommen in."
Jag tog hissen för jag var dödstrött.
Knackade på dörren och Alma dröjde med att öppna.
"   Alex, jag somnade."
Förståeligt, klockan är ju över midnatt. Jag tog en dusch och satte mig på balkongen en stund. Alma hade redan somnat när jag kom in. Jag gjorde henne sällskap.

Söndag

Gjorde en kaffe på espressomaskinen på rummet. Drack på stående fot. Alma sov som en stock. Jag klädde mig och skrev en lapp till Alma. (Jag har bestämt träff med Jens och vi ska prata lite. Ring och du kan ansluta efter frukosten. Galleriet öppnar elva, puss o kram)
Jag gick sakta mot hotellet där Jens och Anders bodde. Jag och Jens hade avtalat att ses till frukost så jag får se om han är vaken.
En del gäster hade anlänt och precis när jag satt mig ner vid ett fönsterbord steg Jens in genom dörren.
Han kom fram till mig och lämnade mobilen och gick och laddade upp en frukost. Han var en frukost diggare, det var ett som var säkert. Jens hade tagit allt av allt. Han satte sig mittemot och vi inledde en konversation.
"   Godmorgon, Alex, hur länge har du suttit här."
"   Tja, en timme kanske, jag kom före öppningen ha ha. Allvarligt, jag kom nyss."
"   Okey, är du så morgonpigg, jag fick ställa väckarklockan annars hade jag missat det hela."
"   Men Jens, hur hamnade du här."
"   Ja du Alex, vi har inte setts på ett tag och det beror på att jag och `Strumpan´ har separerat.

"   Hon ville det och i sanningens namn så hade det inte fungerat så bra på sistone. Vi tjafsade om allt och ingenting. Och då går det som det går, man börjar söka tröst i någon annan. Strumpan var först och träffade en kille så då klämtade klockan för att vårt liv tillsammans var över. Jag flyttade till en lägenhet i närheten. Har en gammal polare som är bortrest som tur var och jag kan bo där tills året slut. Jag hyr alltså. Så är läget, Alex. Vi är vänner och det fungerar. Jag har inte träffat hennes nya. Han håller låg profil med barnen också, det låter bra, allt måste ta sin tid. Vi har kommit överens om att ha varannan vecka. Det finns plats där jag hyr men vi kanske byter bostad varannan vecka. Alltså hon kan bo i min hyreslägenhet och jag flyttar in hos barnen min vecka. Hon kanske tar in hos nya den veckan. Men grejen är att vi kan komma överens och att vi först ska lyssna på våra barn."

"   Men, du den där nya, vet du vem det är eller är det hemligt?"

"   Det är ingen jag känner men hon sa hans namn, tror han heter Tomas Berggren eller Bergström, men inte säker på efternamnet."

Jag försökte hålla mig neutral men det var svårt, Det kan ju vara den Tomas.

"   Alex, vad funderar du på. Känner du Tomas eller, du blev så tyst."

"   Nej jag Jag känner en som heter Bergström men det var inget. Han kanske heter Berggren Men hur mår du i allt detta."

" Jag mår bra, gillar ju Sirpa väldigt mycket men vi kommer alltid att vara vänner genom barnen så det känns bra. Du vet ju hur hon är. En reko tjej. Men jag måste uträtta ett ärende innan Galleriet öppnar. Vi ses där sen."

" Okey, Jens vi ses där."

Jens tog hissen till sitt rum för att hämta något.

Jag lämnade hans hotell. Slog en signal till Alma men hon kanske stod i duschen. Talade in några kärleksförklaringar och stängde ner.

Det var forfarande tidigt så jag promenerade en omväg till Galleriet och fotade lite med mobilen samtidigt ringde Alma.

" God morgon, älskling.

" God morgon, Alex. Jag hörde inget imorse när du gick upp. Tydligen tröttar stadslivet ut mig totalt. Var är du nu."

"   Jag är på väg till Galleriet, kommer du eller."

"   Ja, hela dagen. Ska äta frukost och sen ansluter jag, okey"

Det gladde mig att hon skulle vara med under dagen. Härligt. Jag klev in på Galleriet och alla var där, jag kom sist. De första besökarna kom strax efter öppningen klockan elva.

Mac var redan där och sa att det blir som vanligt lite tunt med folk innan tolv. Det blir bättre på eftermiddagen när folk börjat ta sina söndags-promenader.

"Jag gillar din hörna där borta med de svartvita bilderna med knallröd ram."

Mac gick vidare och så gjorde jag, till Anders, som även han hette Bergström. Alltså heter alla Bergström i min omgivning.

" hej Anders, fina målningar. Brukar du ställa ut."

" Nej, det är nog andra gången. Jag är inte så mycket för detta spektakel. Jag brukar ha egna utställningar i lite mindre skala. Ofta ställer jag hellre ut i någon lokal där jag inte behöver vara, bibliotek t.ex. och du?"

" Jag är nog också åt det hållet tror jag. Bibliotek är bra och tidningar. Men detta är en härlig upplevelse tycker jag ändå. Kan nog tänka mig att vara med mer på olika vernissage i framtiden. "

Jag gick tillbaka till min plats och hungern började göra sig påmind då jag bara druckit kaffe på morgonen. Jag gick till Jens och bad honom titta lite extra åt mitt håll."

Gick in i det intill-liggande köket och tog en djup tallrik och hällde upp lite soppa. Bredde en macka och satte mig ner. Soppan var ljuvlig. Ärtsoppa utan fläsk, det var längesedan jag åt det. Drack en alkoholfri öl och diskade av och ringde till Alma.

" Hej Alex, somnade om, kommer snart."

Hon la på.

Jag gick ut i lokalen som var full med folk.

Flera stod vid mitt bord, tillsammans med Mac och Alma som just anlänt och tittade på mina alster och kommenterade tillika:

" Jag har bokat ett par stycken, hämtas i morgon strax innan stängningsdags."

" Toppen, tack. Väldigt god soppa."

Mac gick vidare till Jens och jag pratade med ett par besökare. Ett par från Köping som var på besök i Stockholm och sett mina foton från gatan.

"   Vi är väldigt intresserade av ditt sätt att presentera dessa svartvita foton."

Vi har en fotobutik i Hallstahammar och vi är båda fotografer. Tycker det vore på tiden med en utställning i Västmanland. Ett vernissage."

"   Det tycker jag med, ta ett kort och hör av er till mig. Jag kommer att vara tillgänglig resten av månaden."

"   Men det blir bra. Ta vårt kort också om det skulle vara av intresse. Hoppas vi ses framöver. Nu vill jag beställa en tavla av dig. Den med vyn från Arboga ån."

"   Okey, ni kan ta den nu och betala. Jag har andra att hänga, så varsågoda. De betalade och fick tavlan. Trevligt att råkas, vi ses framöver."

De lämnade galleriet och jag fann mig stå med Jens jämte mig. Anders kom förbi och frågade.

"   Kan du titta till min vägg lite medan jag äter."

"   Ja men självklart."

Anders försvann och jag tog hans plats medan Alma satt på min plats. Perfekt. Det var nästan fullt med besökare besökare och en stod framför Anders konstverk och studerade varje bild med otrolig inlevelse.

"   Hej, vill du att jag kontaktar konstnären så går det bra."

"   Nej det behövs inte om han kommer snart. Jag går runt och tittar på alla era verk. Jag är konstkritiker och vill gärna se mig omkring ordentligt. Han gick vidare till Jens.

Anders kom tillbaka och jag satte mig en stund på min stol. Alma gick runt till de andra utställarna. Klockan började närma sig två på eftermiddagen. Jag slängde en blick på Visitkortet jag fått tidigare, fick nästan en chock. Arne och Lisa Bergström. Det börjar bli lite tjatigt. Jag började planera vad som var att göra vid hemkomsten.

Utställning på biblioteket. Prata med ansvarig om utrymme, antal tavlor, tidsrymd.

Foton till tidningen. Antal och storlek och eventuellt berättelse.Det kunde kanske ta en vecka i anspråk.

" Hallå är det du som är ägare av dessa tavlor."

Jag var helt i mina egna tankar och kom till sans och där stod en kvinna och undrade.

" Ja det är jag, ursäkta, var i mina egna tankar. Vad kan jag stå till tjänst med."

" Jag har tittat på dina alster eller foton eller vad du vill. De är inte bara vackra utan du har en fantastisk inramning till dem. Jag är fotograf men har svårt med inramning. Denna enkla lösning du gjort tycker jag är genial. Kan vi höras via nätet så jag kan få lite idéer och jag kanske kan komma med mitt. Har några foton på mobilen."

Hon visade några foton och det var olika motiv, från familj till natur och väldigt vackra. Alla tagna ur samma vinkel. Intressant.

Mitt namn är Amanda Lund."

"   Okey, då kan vi höras av om en vecka. Jag är just nu väldigt upptagen veckan som kommer. Men det ser jag fram emot."

Vi tog avsked och jag satte mig en stund på stolen. Alma hade kommit tillbaka och sa att hon skulle gå iväg en timme och fika med en väninna som inte hade kommit igår.

Jag ägnade mig åt att ta fram några tavlor ur min väska då någon knackade mig på axeln.

" Vill du ha en kopp kaffe."

Vände mig om och där stod Viola med två koppar kaffe och varsin kaka.

"   Men Viola, va härligt att se dig. Hur har du det, hur hittade du mig. Bor du i närheten."

"   Många frågor. Jag bor på söder men var här i ett ärende och såg skyltningen utanför. Gick och köpte kaffe och kom hit. Vilka fina foton och vacker inramning."

"   Det är mest familjen men du har inte träffat dem.

Jag hämtade en stol till Viola och vi satte oss ner med vårt kaffe. Vi blev ständigt avbrutna. Men vi hann prata lite därimellan.

Nu måste jag fråga om det som hände på Centralen när jag och Tomas kom hem, varför hade de ljugit.

" Viola, jag måste fråga nu när du är här. Han sa att han skulle bo hos en kompis i Stockholm men du stod och väntade på honom utanför, på Vasagatan."

Viola såg lite förvånad ut men svarade.

"   Det var för att vi inte ville att någon skulle veta att vi håller ihop. Han var inte så poppis bland de mina. Men vi gillar varandra och han är ingen dålig människa. Just nu jobbar han. Han är tillbaka på sitt gamla jobb som kypare i Köping. Vi ses i helgerna. Jag har sökt nytt jobb för jag trivdes inte på mitt gamla så jag har sökt till ett hotell på söder, vikarie som Receptionist. Vill ju till Kreta. Kan vara ganska kul, träffa lite folk.   Får svar i veckan.

"   Okey, jag får väl ändra mig om Tomas, men kan vi ses nån helg i Köping då."

"   Ja, jag är där nästan varje helg. Det skulle vara jättetrevligt.

Vi bytte mob.nr och skildes åt med en kram.

Efter en stund kom Alma instormande och slog sig ner på stolen vid mitt bord. Jag bjöd på kaffe. Hon hade ätit lunch med sin väninna.

Det började komma fler så jag hade fullt upp med kunder. Alma gick runt till de andra konstnärerna och studerade deras konstverk. Och hon stannade länge hos Jens naturligtvis. Dagen fortsatte i högt tempo och mina tavlor såldes bra. Jag stod med en tom låda och bara några tavlor kvar på väggen.

Nu var klockan nästan dags för stängning så jag gick en vända och pratade med Anders och Jens om vart vi skulle gå och äta. Jens visste ett bra ställe som inte låg så långt från vårt hotell.

Vi stängde och begav oss för en bit mat.

En italiensk restaurang.

Det var en del gäster så här på söndags-
eftermiddagen. Jens hade lyckats boka ett bord
fast han hade ringt för en halvtimme sedan. Vi
placerade oss i baren och beställde varsin drink,
när min mobil surrade.
"   Ja, hallå."
"   Alex, Tomas är försvunnen sen igår."
"   Va är det du säger, när."
"   Sen igår tror jag. Ringde igår kväll och han
svarade inte och ringde inte upp. Så sent som vid
ett-tiden i natt. Har ringt hela dagen utan att få
svar eller att han ringt upp. Nu när jag ringde så är
förmodligen batteriet dött."
"   Men Viola, lugna dig lite. Han kanske är
någonstans där det inte finns mottagning."
"   Men jag ringde till en jobbarkompis till honom
och han hade inte kommit till jobbet idag."
"   Viola, ring inte till polisen för jag tror att det
löser sig. Lyssna på mig, Ta det lugnt och vi hörs
imorgon."
Detta började bli frustrerande. Jag visste ju att
Tomas träffade Strumpan och Viola trodde något
annat.
Alma dök upp. Hon hade varit och handlat något
hon glömt.
Vi flyttade från baren och blev tilldelade ett bord
vid fönstret mot gatan. Ute regnade det och det
kändes skönt att sitta inne och äta med goda
vänner. Vi beställde restaurangens specialité. Och
en flaska vin att dela på. Jag drack inget då vi
skulle köra hemåt.

Jag kan inte säga att vi hade ett givande samtal utan mest ytligt. Det var trevligt och maten var god men vi satt inte så länge förrän vi skildes åt. Alma hade checkat ut från hotellet innan hon kom till galleriet. Vi gick dit och hämtade våra väskor från lobbyn. Mitt utställningsfoton var redan packade. Inte så mycket kvar. Toppen.

Vi tog det lugnt hemåt, stannade i Strängnäs för en kaffe och landade hemma ganska sent. Vi parkerade och vi ringde till svärmor. Hon var vaken. Vi parkerade och gick till svärmor. Barnen sov naturligtvis och vi lät dem sova. Freja skulle väcka dom och ordna frukost och de skulle komma hem och byta kläder innan vi gick till skolan.

Vi gick hemåt och gick och lade oss direkt.

Måndag

Måndag morgon och jag vaknade av att jag frös lite och att sängen kändes så hård. Drog av mig täcket och reste mig upp.

Men vad i allsin dagar, på mattan hade jag sovit hela natten. Jag hade lagt mig i soffan när vi kom hem och sen kommer jag ihåg absolut ingenting. Vet inte riktigt vad som hänt.

" Har du sovit gott."

Alma kom med en kopp kaffe och satte sig bredvid mig på mattan. Vi skrattade ikapp.

Att bli serverad kaffe på sängen är väl en sak, men på mattan.

"   Men Alma, god morgon. Var har du sovit."

"   Jag sov i sängen som brukligt."

Vi skrattade hejdlöst, ett sånt där som aldrig tar slut. Barnen kom in-stormande från sin mormor och kastade sig om halsen på oss som att vi varit borta en vecka.

" Vad skrattar ni åt."

Matheus satte sig en stund på mattan men sen sa han att klockan var mycket och han måste göra sig iordning. Han rusade upp för trappan och vi reste oss upp.

Vi pratade om allt möjligt tills Irma slängde ur sig:

"   Förra veckan var Elin vikarie på förskolan. Hon är jättesnäll. Hon har varit där en gång förut och det var när den där farbrorn kom, du vet. Hon ska komma idag. Det tycker jag ska bli jättekul. Hon hittar på jätteroliga saker. Alma och jag tittade på varandra.
"   Jaha, va roligt Irma. Jag följer med idag så får jag träffa henne, bra va."
"   Ja, pappa."
"   Borsta tänderna och så går vi."
"   Men pappa, ska du inte klä på dig."
Vi skrattade och jag sprang upp. Jag iklädd pyjamas. Har aldrig klätt mig så snabbt ej heller sovit på en matta så det var kul. När vi var klara rusade vi ner för trappan. Alma stod klar för att gå till jobbet så vi pussade på henne och sen åkte ytterplaggen på och jag och barnen gick iväg. Nu räckte det med en tunn kofta.
Jag och Irma lämnade Matheus vid skolan och när vi kom till förskolan var det väldigt många som kom samtidigt. Vi gick in på förgården och Irma sprang till sin bästis. Jag väntade på att föräldrar skulle avvika så jag kunde ta reda på vem denna vikarie var.
Efter en kvart hade de flesta föräldrarna lämnat.
Jag och Irma gick in och Irma blev så glad att se en flicka i hallen som för mig var ny.
"   Hej Elin."
"   hej Irma."
Hon var väldigt lik Almas syster som vi inte träffar så ofta. Lite kraftigt byggd, ganska kort och rödlätt

hår och samma ögon som Alma, djupblå och vackra.

"   Det här är min pappa Alex.

"   Ja ha hej, trevligt, vill ni prata med någon eller."

"   Nja, är Anna här."

"   Ja, jag tror att hon har kommit, jag hämtar henne. Irma du kan gå in i sagorummet där kompisarna sitter."

Elin gick sin väg och jag frågade Irma om det var Elin som varit där den gången som det kom en farbror som inte kände.

"   Ja, pappa det var det, men hon är jättesnäll."

Hon gav mig en puss på kinden och sprang in till sina kompisar.

Anna kom och bad mig stiga in på hennes kontor. Jag slog mig ner på en stol.

Anna såg ut som en förskolefröken. Går inte att förklara, men så är det.

"   Alex, Elin var här den dagen som den där mannen kom men hon är inte ansvarig för det som hände. Hon är också vikarie och har inte vikarierat hos oss sen den dagen. Elin är registrerad med allt vad det innebär. Därför förknippade Irma den händelsen med henne, kan jag tro, och det är väldigt bra att Irma är så observant. Den mannen kan ha duperat Elin som inte var riktigt säker och lät det passera att Irma skulle hämtas av honom. Det har gjort att vi har nya regler för hur utlämning ska ske och det blir mycket säkrare."

"   Jaha, då kan jag känna mig lugn. Härligt, då avviker jag och jag hämtar som vanligt, ha en bra dag."
" Tack detsamma."
Jag gick sakta hemåt, vädret var underbart och jag bestämde mig för att sätta mig på altanen och planera denna vecka.
Väl hemma hörde jag ljud från övervåningen.
" Alma, är du uppe."
Inget svar. Ropade igen, inte ett ljud. Gick sakta upp för trappan och in i vårt sovrum och där låg hon, inbjudande på sängen med helt andra planer än jag hade. Men man kan väl ändra sig.
En timme senare avvek Alma till sin arbetsplats och jag åkte ner till Arboga för att handla.
Det blev snabbshopping då jag fått ett samtal från biblioteket att de såg gärna att jag kom under dagen.
Inne på biblioteket var det inte mycket folk, de hade just öppnat.
Jag och bibliotekarien gick ner till utställnings-hallen. Hon visade mig vilken yta jag skulle ha. Vi skulle vara två konstnärer. Hon berättade hur uppläggningen var och det vore bra om jag höll mig till ett tema denna gång. Det som vi kommit överens om, Kreta. Den andra utställaren var en kvinna och ämnet var även där, Kreta. Men det handlade om mat i olika varianter.
Jag tyckte det lät bra. Utställningen skulle vara två veckor fr.o.m lördag och jag måste vara där den första veckan några timmar per dag.

Jag skulle själv bestämma tid och uppge den till dem senast på onsdag så de kunde trycka upp affischer till informations tavlan.

Tackade för mig och åkte hemåt.

Bergströms.   Sofia, Tomas, Anders, William, Arne och Lisa Bergström och Alma?

Och sen nyckeln som Lowe hade tappat då han fått ett brev av en gammal tant i parken. Nyckeln hade han tappat under sängen och det tog ett tag innan han sa det till mig. Vad jag minns så stod det på en lapp som var fäst vid nyckeln att den tillhörde ett litet sommarhus som var uthyrt. Kunde det vara på Kreta. Och var fanns nyckeln nu. Minns inte.

Jag dök ner i Bergströms på nätet och fann att Tomas och Anders var kusiner. Det måste vara på min mormors sida. Men hur i allsin dagar kommer då Alma in. Är vi liksom släkt?

Jag bestämde att börja släktforska lite. Det var inget jag hade tänkt att göra men kanske kunde få lite mer kunskap. Hade antecknat alla namn och gick in på `Myheritage.`

Ägnade dagen åt det med ett par avbrott, bl.a. lunch hemma med Alma. Gjorde en del framsteg som jag försökta samla ihop men det var för mycket på samma dag.   Jag tog en fika på altanen. Det var en riktigt fin majdag, solen sken och jag somnade en stund i en av våra sköna vilstolar. Vaknade av att Alma kom. Hon hade en paus och skulle ta en promenad och hämta barnen sen. Jag fortsatte mitt letande och nu hade jag fått en någorlunda överblick över Bergström. Fortsatte att att sammanfatta all information och kom fram till en del suspekta resultat. Det som var mest intressant var att jag och Alma är släkt i 4:e led. Otroligt.

Barnen kom insprängande och Matheus gav mig en stor kram.

"   Pappa,   vet du, vi var i Arboga idag, på biblioteket. Jag har lånat en bok som jag ska läsa och skriva en ´resenschon`. Han stavade fram ordet. Inte lätt ibland att använda lite svårare ord.

"   Men va kul, Matheus. Hoppas att du läser lite för mig, om du har lust."

"   Ja, ikväll."

Irma hade med sig en kompis och de rusade upp utan att överhuvudtaget titta åt mitt håll.

Jag drog mig tillbaka till kontoret och fortsatte mitt detektivarbete fram till middagen. Trivdes väldigt bra på mitt `kontor` efter att jag städat. Det var inte stort, det var ljust och fönstret speglade årstiderna.

Blev inte riktigt klar men lade det åt sidan till kvällen.

Min morgon-planering blev det inte så mycket av. Skulle försöka att ta i det imorgon.

Vi njöt av en underbar måltid och vi pratade om bl.a Kreta. Barnen frågade om vi skulle flytta. Det verkar som att de är oroliga för det. Vi övertygade dem om att vi inte skulle flytta dit, flertal gånger. De tyckte det skulle bli kul att vara där på sommaren.

Vi dukade av och jag gick till kontoret och fortsatte med Bergström.

Anslöt mig till `MyHeritage` och sökte på Arne och Lisa Bergström. De som hade foto-butik i Hallstahammar.

Det var Arne som var Bergström och han var i samma led som Alma. Men det stod också att han varit verksam inom polisen. Han och Tomas.

Alma var i nerstigande led på min mors sida. 4:e generationen. Sofia och Tomas var syskon på mors sida, (Bergström) och Eloni var min moster. Pia var syster till Sigge och henne fanns nästan ingen kontakt med. Hon var mor till Anders och Claes. Och sen var det William. Hans mor visste vi inte vem det var och nu var det kanske för sent. Det började snurra i huvudet. Lämnade allt på skrivbordet. Resten av huset var nedsläckt då jag öppnade dörren till hallen. Men herregud, närmare två. Upp till badrummet, tog en snabbdusch och gick ner igen och satte mig bredvid Alma som halvsov med TV:n på. Sen minns jag inget mer.

Tisdag

Vaknade av ett himla oväsen. TV:n. Konsert eller nåt. Vad gjorde jag här, på soffan i vardagsrummet, mitt i natten. Alma hade väl gett upp så jag reste mig och släpade mig upp och lade mig direkt, sträckte ut en hand men ingen där.

Vaknade till ordentligt och gick runt i hela huset, ingen Alma.

Tog mig ner till källaren dvs SPA och undersökte varje rum. I allrummet låg Almas telefon men var fanns hon.

Jag höjde rösten lite och hörde något från WC.

"   Alma var är du."

"   Alex, låst in mig själv och ingen telefon, sov lite men du måste bryta dig in, vad är klockan?

"   snart tre. "

"   Men herregud, var har du varit."

"   Alma, jag somnade på soffan och vaknade nu, trodde du gått upp men när jag la mig i sängen var ingen där och då började jag leta."

"   men det är ju skrattretande."

Så började vi skratta hysteriskt. Jag hämtade ett verktyg, dyrkade upp dörren och vi kysste varandra och älskade nästan resten av natten, på plats.

En pigg liten kille väckte oss runt sju, och vi som nyss hade lagt oss och jag som skulle till Biblioteket idag, jösses, det här blir en lång dag. Frukosten blev klar på nolltid.

Jag hängde med till förskolan och när jag kom hem hade Alma gjort varsin macka med lite härlig sallad på några rostade brödskivor. Jag fixade två espresso.

Jag skulle iväg på kvällen för en fotografering

Alma hade ringt till sin mor och Matheus skulle laga mat med henne så vi skulle ses där på middag.

En kund ringde mig igår och bokade ikväll. Fotografering och video på ett party. Syftet var att skapa en reklamfilm samt en hel del foton. Jag skulle träffa kunden vid fem-tiden och hon skulle förklara exakt vad hon ville. Hennes namn var Beata Foskin som jag träffat i Stockholm.

Jag vinkade av Alma som gick till jobbet och ringde till Sirpa.

"   Hej Strumpan, är du upptagen eller kan vi prata en stund?"

"   Ja, det går bra."

"   Du träffar en viss Tomas Bergström, eller hur?"

"   Ja, men vad har det med dig att göra?"

Det kan bli en lång historia men för nu gäller följande. Du ska inte träffa honom, han är en lömsk människa och är just nu ute efter min kusin Viola.   Hon har blivit attackerad av honom och med tanke på att du har två barn så måste du nog

stänga ner dina känslor för honom, annars kan det gå illa. Hallå, är du kvar."
" Ja, men blir mållös. Han är en underbar person. Han blev arg en gång, vi var båda lite berusade. Vi var hemma, barnen hos Jens. Han kastade ut en grej genom fönstret som var min "
Hon blev tyst en lång stund tills jag fortsatte samtalet.
" Sirpa, han kanske är det i sina bästa stunder men han har en annan sida också. Den visade han ju för dig. Detta är allvar, han har varit förhörd av polis men i brist på bevis så hände ingenting. Men nu har min kusin trätt fram och berättat för mig vad som hänt och hon gömmer sig hos sin syster där han inte kan hitta henne."
Det blev tyst ett tag.
" Alex, detta är förskräckligt och jag vet inte vad jag ska göra. Är han kapabel att göra något mot barnen."
" Det vet jag inte men var observant. Ring mig eller Jens om Tomas gör sig viktig. Sköt om dig och ha en bra dag."
Jag tog bilen till Arboga bibliotek. Ville titta än en gång för att se hur mina tavlor skulle sitta.
Parkerade vid ICA. Bra och stor parkering. Skulle handla sen så då var det närmare till bilen.
Gick över Stortorget och ner mot biblioteket som låg en bit ner på Kapellgatan. Precis vid Asiatiska, på hörnet gick William mot Järntorget Jag saktade ner och följde honom med blicken. Varför är jag så töntig att jag inte går fram och

pratar med människan. Ett problem. Han försvinner mot stora kyrkan och jag fortsätter mot biblioteket.

Slår mig ner och läser DN tills bibliotekarien kommer. Vi ska diskutera lite om utställningen. `

´Läser i tidningen om en man som är försvunnen sen några dagar. Han var i Köping och skulle återvända till Stockholm med tåget. Men sen är det tyst. Hans mor har försökt att få tag i honom och nu anmält honom saknad. Han är av normal längd, 30-årsåldern sönderblekt halvlångt hår och lite slarvigt klädd. (Kunde inte ha skrivit det bättre) Var vänlig kontakta polisen i Köping. Missing people är kontaktade.

Jaha, Tomas Bergström, vem annars.

Gick ut från biblioteket och ringde till Viola.

"   Ja, Alex, Tomas är borta, nu är det bara så."

"   Jag läste det i DN idag, satt på biblioteket och såg att han saknas. Saknar du honom, alltså?"

"   Nej, men Alex, varför så sarkastisk. Han har ju sina goda sidor också."

"   Okey, Viola, du vet väl att han träffar en kompis till mig, som bor i Köping."

"   Nej, det visste jag inte, vad har hänt där."

"   Han har hotat henne lite en gång. De var lite osams, varit berusade och han hade kastat ut en liten prydnads figur genom fönstret. Hon har två barn, men det verkar inte spela någon roll för denne underbara Tomas. Vad är det med er tjejer. Så fort någon gör sånt så drar man väl för alltid.

Inget att leka med liksom. Viola, eller hur, släpp och lev ditt liv i lugn och ro. Strunta i den där Tomas. (non persona grata) icke önskvärd person. Det kan väl inte vara så svårt."

Viola stängde ner. Ibland svider det att höra sanningen, tyvärr.

Jag återvände till biblioteket och Åke väntade.

Det är olika personal på biblioteket och jag minns inte allas namn. Men alla är välinformerade om vad som händer.

Jag bad om ursäkt för att jag kom lite sent. Vi slog oss ner och vi pratade kanske en timme. Resultatet blev att jag skulle få tillgång till utställnings plats 2 månader framåt. En liten hörna för mina foton. Avtalet var att det skulle hänga ihop med Arboga på ett eller annat sätt. För mig var det väldigt intressant. Han berättade att jag inte var ensam i detta utan de hade flera lokala förmågor som hade samma avtal. Vi skulle vara fyra personer varje period. Tidsperioder kan ändras och var säsongs bestämda.

Jag var mer än nöjd. Vi gick ner till utställnings-hallen och han visade mig hur jag kunde göra upplägget. Jag kunde byta bilder inom min period. Kravet var att det skulle handla om Arboga. Kunde sätta text till om jag ville. Det lät bra.

Gick mot ICA för att handla och återvände hem.

Solen sken och min färd mot Medåker gick kanske inte helt lagenligt.   Forcerade dörren hemma, öppnade alla fönster och dörrar och släppte in sol o värme, packade upp varorna, lade en kapsel i

Espresso maskinen. Tog kaffet med mig och satte mig ute på altanen.Mycket kaffedrickande. Det var ljuvligt. Träden höll på att spricka av alla löven och fåglarna kvittrade. Detta var så fantastiskt. Jag är ingen vän av vinter och kyla. Skulle bli så skönt att tillbringa lång tid på Kreta och kanske vara där när Sverige börjar kyla ner sig. Kreta har ett bra klimat. Man kan ha olika kurser även vintertid. Att åka ner en sväng dessa kalla månader skulle passa mig perfekt.

Det är skönt att drömma sig bort ett tag men vem ska laga mat. Jag hade lovat att laga lunch idag.

Jag reste mig sakta och släpade mig in i köket.

Gjorde iordning den färska fisken och in i ugnen. Kokade broccoli och förberedde en sallad bestående av alla sorters grönsaker. Alma kom upp precis när dukningen var klar.

Vi hällde upp lite vitt vin och slog oss ner och åt under fullständig tystnad.

Jag hade lyckats med fisken, den var supergod.

" Alex, jag går ner direkt för jag fick en kund som jag tyckte jag måste ta. Hon har problem med nacken.

Jag kommer upp igen strax efter tre. Jag kan hämta barnen om du vill."

" Ja, det vore bra, jag ska planera lite för veckan som kommer.

Alma nickade och försvann ner till sitt.

Ställde in disken i maskinen torkade av bordet och gick in på mitt kontor.

Jag hade sorterat en del så jag började att ta ut de bilder som skulle vara med på biblioteket.

Kunde röra sig om ca trettio stycken.

Funderade lite på om jag skulle rama in eller hänga på något annat sätt. Ibland är det riktigt snyggt att hänga på ett rep eller med klädnypor.

Har en tanke att skriva text till bilderna, kanske samla dem i grupper. Funderade lite på tider som jag måste vara närvarande men måste ta det med Alma.

Slog en signal till tidningen och pratade med Håkan.

Texten till bilderna skulle helst hänga ihop med varje bild. Vore lämpligt att skriva en historia som höll ihop bilderna.

Det var tal om tjugo bilder. Reserv 10 stycken.

Temat för biblioteket var Arboga och för tidningen var det Kreta.

Jag la upp en sida för tidningen och tillförde bilderna som jag valt ut och lika gjorde jag med biblioteket.

Tog kaffet och gick ut på altanen. Började att för bibliotekets räkning sätta ihop text och bild.

Mobilen surrade lite och jag ville inte svara men det var Viola.

"   Hej Viola, hur är det."

"   Det är bra med mig men Tomas har ringt och han vill att jag ska träffa honom. Han är eftersökt och jag vet inte om det är så bra att träffa honom. Jag är rädd."

" Du ska inte träffa honom själv men om jag följer med, utan att han vet, så kanske vi kan få honom dit han hör hemma.

" Ja det var därför jag ringde. Jag lämnade igår och jag bor hos min syster. Tomas vet inte var hon bor."

" Men ska han ringa igen."

" Ja han ringer idag."

" Okey, jag kan komma dagtid, mellan 10-15. men bara nästa vecka. t.o.m fredag."

" Då väntar jag på att han ringer och så hör jag av mig till dig, Alex."

Vi tog avsked och jag fokuserade på mitt. Inte lätt men ett måste. Viola hade blivit överfallen av Tomas när hon hade kommit hem från en kväll med några tjejkompisar. Han hade gett henne så mycket stryk så hon fick uppsöka vårdcentralen dagen därpå.

Efter en timme var jag klar med allt till biblioteket. Hörde Alma komma med en fika i handen.

På altanen var det fortfarande varmt så vi småpratade lite om Kreta förstås.

Vi hade lagt ut lite trådar här och där och fått bra respons.

Alma gick och hämtade barnen. Jag gjorde klart och förberedde för planeringen imorgon. Tidnings-artikel med bilder.

Jag gillade verkligen detta jobb. Omväxlande, skapa nya kontakter.

Framför mig hade jag nu reklamfoto ikväll, dop, biblioteket och tidningen. Kanske kunde inbringa lite pengar.

Som frilansare är det riskabelt, inget är säkert.

Vernissagen i helgen hade gått bra och jag hade sålt alla tavlor. Det gav en slant.

Alma har en lite mer stabil tillvaro så länge hon kan hyra ut till andra SPA-utövare. Min tro på Kreta som en gård har inga gränser. När det renoveras så kan man hyra ut bara, även om det inte går att ordna någon verksamhet just nu. Mor bodde bredvid och ville säkert hjälpa till och vara till hands när vi inte kunde.

Alma och jag har stora planer.

" hej Viola."

Hej Alex sa hon i andra änden av mobilen.

" Vad är det som gäller."

" Måndag, klockan 11. Jag sa att jag kunde inte förrän då och han accepterade det. Usch så hemskt, jag förstår inte hur jag ska klara det. Kan du komma."

" Javisst, var ska vi ses. Vi hörs på måndag, okey"

Nu hände något, jag hörde röster inifrån. Glada barnröster.

" Pappa, var är du?"

" Ute på altanen."

Sen blev det tyst, jag reste mig och gick in köket men där var ingen.

" Hallå, vart tog ni vägen."

" Uppe.

Jag gick upp på övervåningen och de satt allihop i Matheus rum.

" Vad är det som pågår här.

De skrattade så de nästan storknade, jag förstod absolut ingenting."

De slutade att skratta och tittade på varandra och sen på mig. Jag förstod fortfarande ingenting.

" pappa, ser du ingenting här inne."

Jag tittade mig omkring i rummet men vad jag kunde se så såg det ut som i morse.

" vad är det jag ska se, hjälp mig."

" men pappa vi har ju satt upp en jättebild med Fantomen.

" Ja men ser jag den då, ni kanske måste flytta på er," sa jag samtidigt som jag tittade upp i taket och såg fantomen.

" Oj Oj den var stor, när satte ni dit den."

" Mamma gjorde det när du var i Arboga."

" Jag går till mormor och lagar mat, vi ses sen, sa Matheus och försvann. Tittade in lite på kontoret och gick igenom mina foton och kollade mailen om jag fått upplysning angående William. Det hade kommit ett mail. Irma kom förbi och sa att vi skulle till mormor.

Vi åt en pastarätt som Matheus gjort. Mycket grönsaker och grädde. Vi pratade om skolan och Matheus hade nu fått en ny lärare, en manlig, vilket han tyckte var kul.

" Slutade Margaretha som lärare eller kommer hon tillbaka."

"   Hon är sjuk och kommer inte tillbaka denna termin. Vi måste skicka nåt till henne tycker jag för vi gillar henne".
Vi höll med om det och lovade att vi skulle hjälpa till med att sätta ihop något från barnen.
Maten var uppäten och alla hjälptes åt med avplockning.
Sen slog vi oss ner i soffan och tittade på Bolibompa. Jag hade packat bilen och åkte iväg för fotografering hos Beata Foskin.
Alma och barnen satt kvar.
Det var inte långt till Beata. Hon bodde i ett litet hus en bit utanför Medåker. Det var inga bilar parkerade utanför hennes hus, men jag kanske var tidig.
Ringde på ringklockan som hade modellen av en penis, tyckte jag i alla fall.
" Kommer på en sekund."
Det tog mer än en sekund men sen öppnades dörren och där stod Beata i en fantastisk negligé och ett tunt linne under. Blev mållös.
" Kom in, jag ska bar byta om, vaknade precis."
Hon var väldigt vacker, fina former och väldigt inbjudande. Hon plockade fram en morgonrock som sålde det mesta. Från ett rum kom två vackra killar i 30-årsåldern. De var väl fotomodeller kan jag tänka mig. Vi presenterades för varandra och Beata visade mig in i ett rum som endast hade en rund säng. Vad var nu detta. Kändes lite pinsamt.
Ja, Alex, jag vill att du ska fota oss i olika ställningar. Jag har en kund som beställt

sexrelaterade foton. De ska var strikta och inte pornografiska. Hon tog av sig morgon-rocken och vi satte igång.

"   Men det har jag aldrig gjort och vet inte om jag har lust med det."

"   Men Alex, det är bara ett fotojobb. Kan vi inte testa lite. Om du inte gillar det så lägger vi ner och jag tar en annan fotograf. Det är dock dubbel timersättning."

Svårt att avgöra så de började och jag satte igång och fotade. De gjorde sitt och jag fotade. Måste säga att det blev vackra foton. Det tog en timme drygt med vissa omtagningar. Det var totalt naket både här och där men det var vackert.   Jag och Beata gick igenom alla och hon var supernöjd.

"   Nu ska vi ha en video och den ska vara lite som fotona, men i rörelse, pallar du det."

"   Ja, jag försöker men lägger ner om jag inte gillar vad jag gör."

Så vi fortsatte . Mycket riktigt så blev det foton i rörelse och så var samlagen i full gång. Men med en finess som var otrolig. Vackert och sensuellt. Detta pågick ca 20 minuter.

Trodde aldrig jag skulle göra något liknande. Men nu var det klart och Beata skulle överföra betalningen när jag skickat faktura. Vi diskuterade priset och kom överens om en summa som vi båda var nöjda med. Vi tog en fika ihop och sen åkte jag hem.

Alma, Lowe och Irma satt framför TV:n. Jag slog mig ner en stund men sen var det läggdags.

De skulle först se till vad de skulle ha på sig imorgon och om de behövde någon gympa påse. Jag gick upp och Matheus läste för oss ur boken han lånat i skolan. De somnade ganska snart så det blev soffan och lite TV. Alma hade fått en akut kund och jobbade lite. Och jag somnade på soffan, igen.

Onsdag

Jag vaknade av att någon ruskade mig i håret.
Kvart i nio.
Irma, jag slänger på mig nåt och hänger med till skolan. Gå ingenstans, jag kommer. Matheus var redan ute ur huset.
"   Irma, varför väckte ni inte oss"
"   men pappa, vi har försökt flera gånger och ni bara sov. Kom nu så går vi för vi ska på utflykt idag. Jag har fixat matsäck själv."
Vi travade iväg, men mest sprang vi. Förskolebarnen var klara för avfärd så vi hann fram i sista minuten. Gudskelov.
"   Irma, ha det så fint idag. När ska jag hämta"
"   Fyra, pappa, glöm inte det. Puss puss och hon, min älskade dotter, försvann in i bussen.
Jag lunkade hem, hade absolut ingen brådska. Väl hemma, doftade kaffe och mackor var serverat och en lapp:
Jag jobbar Alex, allt försenat idag. ha ha. Om du fixar lunch till halv-två så hämtar jag barn och tar hand om middag. Puss o Kram.

Intog min frukost, gick igenom mina tavlor. Lade beställningar framme för att skickas. Det var en del. Idag skulle jag träffa Åke igen på biblioteket. Jag hade skrivit text till fotona och vi skulle gå igenom dem tillsammans. Jag längtade till denna utställning för det är så härligt med lokalbefolkningen. Finns intresse utöver det vanliga.

Och mitt hemliga arbete skulle snart offentlig göras. En artikel till lokaltidningen.

En berättelse om Kreta och min resa som skulle bli av. En resa som kunde bli en serie i lokaltidningen. Tänkte presentera den som en idé och se om den slår väl ut. Lite hemmajobb gjort och lunch skulle lagas. Det finns alltid något i kylen så jag gjorde en av mina paradrätter. Kylskåps-rester-sås.

Det blev mycket bra och räckte säkert till middag med nykokt pasta.

Alma kom upp och vi åt under tystnad. Hon var lite stressad idag. Vi tog en fika och satte oss ute då plötsligt en bil körde förbi i hundra knutar. Vi trodde den skulle köra in i vår veranda.

Alma gick till jobbet medan jag satt kvar en stund och bilrallyt med bilen fortsatte. Jag var tvungen att gå in för att gå till biblioteket.

Jag hann precis utanför dörren när samma bil körde förbi i för hög hastighet. Jag registrerade bilnumret, skrev in det på mobilen och satte mig i bilen. Hörde dock samma bil passera ytterligare en gång. Tog min väska och låste ytterdörren då bilen rusade förbi ytterligare en gång. Men nu kunde jag faktiskt se vem som satt vid ratten. Det var samme man som skulle hämtat Irma på förskolan, han som varit på samma kurs som Alma och dessutom, enl Krim-Per, tagits om hand av polisen. Kunde bara inte förstå denna terror. Vad hade han för intresse av vår familj. Peter Lostén hette han.

Jag tog bilen och körde till Arboga. Parkerade på Stora Torget och slog en signal till Krim-Per.

"   Ja, Alex, godmorgon. Du får fatta dig kort för jag har ett möte om en kvart."

"   Okey, godmorgon, Han som skulle hämta Irma, Stefan eller Peter heter han."

"   Ja, Han heter tydligen Peter, fortsätt."

"   Är han fri. Jag såg honom i en bil som passerat förbi oss nu ett antal gånger hundra knutar.   Har du inte honom inne."

"   Nej, det har vi ju pratat om tidigare. Fanns inte tillräckligt med bevis för att hålla honom kvar. Han är alltså på gång."

"   Ja, det kan man lugnt säga."

"   Okey, Alex, Jag tar i detta under dagen och hör av mig. Måste iväg."

Åkte hemåt. Hann inte mer än komma till infarten mot Medåker då fartdåren susade förbi och det var nära en rejäl krock. Jag svängde åt sidan ner i ett litet dike och han fortsatte sin vansinnesfärd. Jag stannade och kände mig lite skakis. Blev sittande minst fem minuter och körde sen hemåt. Väl hemma mötte mig Alma som hade värmt mina rester och kokat pasta.. Vi satte oss ner och jag återgav det som hänt sen imorse. Alma suckade mellan tuggorna.

"   Men Alex, blir man inte lite trött på detta. Hur ska vi få något slut på allt som händer runt oss. Vi måste nog ta tag i detta en gång för alla."

"   Men hur ska det gå till och var ska vi börja."

"   Jag tycker vi ska stämma möte med Krim-Per och sen måste vi ta tag i Bergström, din kusin och allt som rör sig runt oss. Det är tröttsamt. Jag går ner till SPA och vart ska du?"

"   Jag har tagit reda på en del om Bergström. Vände mig till `MyHeritage;`och fått fram lite mer om dom och dig. Vi kan ta det ikväll. Jag tar en sväng till Köping och tidningen. Tar med mig lite material och vi ska gå igenom upplägget. Jag har en idé som jag vill diskutera med redaktören."

"   Okey, puss o kram." och så försvann Alma till jobbet.

Jag körde lugnt mot Köping, med bra musik och försökte koppla av.

Parkerade och träffade Håkan på ett café. Vi satt ute, det var en fantastisk dag. Det kanske kunde bli ett dopp med barnen till helgen i någon sjö.

Vi tog en fika och pratade i över en timme. Han var väldigt intresserad av min ide´ och skulle gå genom det på redaktionen. Jag skulle få min idé med artiklar på en halvsida en gång i veckan i fyra veckor, alternativ helsida två gånger.

Vi pratade lite runt det som händer oss just nu och han såg smått förvånad ut. Vi kände varandra sen tidigare då jag jobbat på tidningen.

Vi skildes åt och jag lämnade bilen på parkeringen och tog en promenad i solen. Slog en signal till Sirpa.

"   Hej Alex, är du här i Köping, jag har precis gått från jobbet."

"   Jag promenerar här vid bron och vill du ses så har jag tid. Du?"

"   Ja, vi ses om en stund."

Förklarade min exakta position och hon mötte upp ganska snabbt. Vi kramades och hon var ju som en syster. Vi som känt varandra sen barndomen.

Vi slog oss ner på en bänk på huvudgatan och bara pratade om allt som hänt och inte hänt. Bara den timmen kunde bli en egen bok.

Vi tog en paus och en promenad. Jag ringde till Alma och sa att jag skulle äta ute med Strumpan.

Vi gick till Asiatiska på hörnet och fortsatte vårat prat. Nu handlade det mest om Bergström.

"   Tomas har ringt mig några gånger men jag har sagt att jag inte har tid att träffas. Ibland blir han irriterad. Därför tror jag att det är bra att hålla honom lite på avstånd på ett bra sätt."

"   Det gör du rätt i, men om han blir påträngande så ringer du mig eller Jens."

Vi pratade drygt en timme till om Viola, om livet i stort och att vi blivit med hus på Kreta. Jag framhöll att hon var välkommen att hälsa på när vi hade tomt på folk. Men det kan ju låta lite högfärdigt. Jag kan ju inte veta om vi får någon beläggning.

Vi skildes åt framåt kvällen. Det var fortfarande ljust ute och våren hade gjort sitt intåg. Underbart. Vi var inne i maj och kvällarna var fortfarande lite småkalla, men ljuset på kvällen uppvägde det.
Jag körde sakta hemåt till soul musik och ångrade att jag inte hade kameran med mig.
Parkerade bilen i garaget och hörde prat från baksidan. Verandan var belamrad av barn och bästa grannarna.
"   Hej Alex, äntligen. Slå dig ner. Vad vill du ha att dricka."
Pierre var barman och jag beställde Mojito.
Undrade om han fixade det men jodå, den smakade fantastiskt gott. Det ställdes ett fat framför mig med lite småplock. Och vilka var vi. Pierre m. familj. Jens med barn och Krim-Per. Trevligt att han var här privat. Vi pratade om allt möjligt utom det som hade sammanfört oss. Mycket trevlig konversation en helt vanlig onsdagskväll. Tiden gick och Jens tog barn och åkte hem och Isabella gick hem så Matheus och Irma drog sig tillbaka. Jag hängde på och såg till att det blev tandborstning m.m
Återslöt till Altangänget och vi satt ganska länge och pratade. Filtar åkte fram och en nattmacka satt bra. Sent om sider blev det godnatt för oss också och sömnen infann sig nästan omedelbart.

Torsdag

Som tur var så vaknade våra härliga ungar och väckte oss. Frukosten klar på sekunden. Alma var redan påklädd och nere på jobbet. En kund redan vid sju. Lite försenad.

Verkar som att vi har svårt med mornar.

Jag klädde på mig, och vi åt så fort vi kunde och gick iväg. Åter hem och lägger mig på soffan och somnar direkt.

Drömmer om Viola, Strumpan och Kreta. Vaknar av att det bankar på dörren. studsar upp från soffan och öppnar ytterdörren, Krim-Per..

"   Godmorgon, får jag komma in"

"   Javisst, stig på"

Jag gnuggade ögonen i ett försök att vakna.

"   Slå dig ner så sätter jag på kaffet. Mobilen visade halv elva. Hoppsan, brukar aldrig sova på förmiddagen. Fixade några mackor.

"   Vet du Alex, en del är mer komplicerat än man tror. Jag har tittat på den där Stefan, alltså Peter, lite extra sen du ringde.   Han har faktiskt en relation till Bergström. Han är kusin eller halvsyster med den kvinnan som tog livet av sig utanför er dörr här. Sofia, hette hon väl. Han var också en god vän till William, Almas halvbror.

Det är osäkert. Jag har försökt att ta reda på hur det kan vara möjligt att William är en del av Stefans liv. Vi måste be Alma titta på foton på Peter/Stefan om det kanske är samma person. Därför kom jag hit för att ställa några frågor som kom upp idag. Är det okey?

" Javisst, men vad skulle det vara."

" Alma. vad vet du om henne."

Den frågan kom som en överraskning.

" Vad menar du med det."

" Ja, Alex. Ibland kan det hända att man inte vet allt om sin närmaste. Det behöver inte betyda att personen i fråga är en lögnare. Det är bara så att de undanhåller vissa saker i sitt liv som de inte tycker är av något värde."

" Jamen, hur ska jag bara kunna tro att Alma skulle vara en av de personer som skulle göra något sådant."

" Jag kan berätta att Alma hade ett förhållande med den nämnde Stefan. Hon om någon måste bekräfta vem denna man är. Hon var hotad till livet av honom om hon avslutade hans inviter. Hon anmälde honom en gång till polisen. De belade honom med kontaktförbud och då fungerade det lite bättre. Han träffade senare Sofia Bergström men hon var ju inte intresserad av män. Då blev han en riktig vilde och förföljde henne ganska länge. Till slut kunde han våldföra sig på henne för att på så sätt bestämma vem hon egentligen skulle uppskatta. Dessa påstående är hans ord i den polisrapport som senare låg till grund för ett åtal. Han fick någon form av straff och besöksförbud. Sofia var då kär i Alma och det spårade ur, som vi vet. Men det mest intressanta är att William och Stefan/Peter umgicks och det verkar som att William genom Stefan kunde följa Alma och som till slut gjorde att han handlade som han gjorde mot Alma.

"   Men Per, vad ska detta leda till och vad ska jag göra nu. Ska jag sätta Alma under luppen."

"   Det kan inte jag svara på men att ta ett samtal med Alma tror jag kan var på sin plats.

Hon har, som sagt, inte ljugit men ta gärna upp de fakta jag gett dig och ta ett snack om det. För jag kan se ett samband med Bergströms genom hela denna historia med överfall och avlyssning och framför allt med Irma på förskolan. Den där vikarien som är så oskyldig och har alla gällande intyg för att jobba inom barnomsorgen, kan vara en mantel för något annat."

Jag visste inte var jag skulle ta vägen med denna information jag just fått ta del av. Hur skulle jag kunna fokusera på mina uppdrag nu och vår framtid på Kreta.

Krim-Per och jag pratade om annat en stund medan vi drack kaffe och åt upp våra smörgåsar. Sen lämnade Per och jag satt kvar med mitt kaffe och funderade på allt som sagts idag. Alma, min

Alma. Är hon någon som jag inte känner och vad har jag för dolda hemligheter som hon inte vet. Städade undan som vanligt men kände mig totalt tom i huvudet. Vad hade Alma sagt imorse. Skulle jag förbereda lunch eller vad hade vi bestämt. Hur kan något ändra sig så snabbt i ens tillvaro.

Det hördes steg och en dörr öppnades. Alma kom insvepande som vanligt och hon var så vacker. Hon gav mig en kram som jag återgäldade men med viss distans. Naturligtvis kände hon av mitt avstånds-tagande och hon sökte mig med blicken för att få ett svar.

"   Alma, kära du, stod i andra tankar, sorry. Har glömt om jag ska laga lunch eller inte."

"   Ja, tack. Jag är ledig en timme från tolv. Finns lite rester i kylen. Jag kom upp för att hämta lite juice som jag glömt. Vi ses sen, puss."

Så var hon borta.

Hur kunde denna underbara, vackra kvinna ha något dolt förflutet som dessutom hade varit direkt hotande, utan att berätta det för mig.

Jag gjorde iordning det som fanns, dukade för en person och skrev en lapp: `Jag måste iväg till tidningen så jag lunchar ute. Jag hämtar barnen och vill du ha något handlat så skicka ett meddelande. Kram`.

Körde ner till Köping. Jag gick runt i Köping och tittade i butiksfönster. De händer väl aldrig. Besökte biblioteket en stund, De hade en utställning om Västmanland förr och nu.

En känsla av maktlöshet infann sig. Hur skulle jag göra med detta. Vem skulle jag prata med. Kanske Strumpan, min bästa barndoms-kompis.

Automatisk telefonsvarare. Jag talade in ett meddelande, samtidigt som mobilen ringde.

Alma.

En vanlig dag skulle jag svarat men nu lät jag den ringa. Det gjorde ont i hela mig.

Signalen avtog och jag fick ett sms. `Alex, jag jobbar men slutar om drygt en timme. Hör av mig. Kram Strumpan`

Det ringde igen. Alma. Jag lyfte på luren.

"   Hej Alex, Är det bra med dig."

"   Ja alldeles utmärkt, sitter i ett möte. Kan vi höras sen."

"   Okey, jag kan hämta barnen, men jag har kunder mellan fem och sex."

"   Jamen det låter bra, jag kommer innan dess."

Satt en stund till och åkte sen till tidningen där de hade gått igenom min idé och det var klart intressant, tyckte de. Valet blev en trekvartssida i veckan. I fredagsnumret som då också skulle ha en resebilaga.   Det bestämdes hur mycket text kontra foton som skulle ingå. Jag fick en prototyp som jag kunde ta hem och studera i lugn och ro.

Vadå, lugn och ro. Den var just nu den mest oroliga miljö jag kunde tänka mig. Bestämde mig för att vänta på samtal med Alma innan jag pratat med Strumpan.

Strosade omkring i Köping för att få tiden att gå. Inte speciellt mycket folk. Köping bestod av en

Storgata där i princip allt fanns. Några sidogator här och där. Det hade gått ca en timme sen jag ringt till Strumpan. Hoppades att hon skulle ringa. Och så ringde hon.

"   Hej Alex, ville du något speciellt."

"   Ja har du tid för en fika, jag är här i Köping."

"   Ja, måste hämta barnen fem, var är du."

"   På fiket vid kapp-Ahl."

Beställde två kaffe. Vet ju vad hon gillar. Hon var snabbt på plats och jag började direkt att berätta vad som hänt. Hon blev tyst länge.

"   Alex, vad tänker du göra nu."

"   Jag vet inte uppriktigt sagt. Ska jag tro på allt som Krim-Per säger. Var ska jag börja."

"   Det måste vara svårt och jag vet inte vad jag kan göra. Det låter onekligen underligt att ingenting har kommit fram genom åren. Antingen är hon oskyldig eller så tycker hon inte det är värt att nämna för dig. Man ser olika på händelser i livet. Jag vet inte om jag kan hjälpa dig men om du vill prata så ring. Nu måste jag springa och hämta barnen. Tack för kaffe."

Vi gick ut tillsammans och jag gick till bilen och körde hemåt. Fantastiskt fint väder vilket inte spelat så stor roll för mig just denna dag. Var tvungen att gasa på då Alma hade kund mellan fem och sex. Barnen var ute när jag kom och sa att mamma hade precis gått till SPA.

Jag gick in på kontoret och lade mina handlingar från tidningen, på bordet.

Tog en öl och satte mig på verandan och tittade på barnen när de lekte. Grannbarnen var också här.

Kunde inte annat än att fundera över hela situationen. Imorgon var det fredag och jag kanske skulle höra med svärmor om Matheus och Irma kunde få sova där en natt så jag och Alma kunde prata.   Lutade mig tillbaka i vilstolen och vaknade av att någon petade på mig. Jag ryckte till.

"   Pappa, ska vi gå in nu, det börjar bli kallt. Du somnade så vi lät dig vara. Vi har varit inne en timme nu."

"   Är det sant. Vad är klockan."

"   Strax åtta och vi är hungriga."

" Men, ni har ju inte ätit någon kvällsmat."

"   Vi åt en pizza som mamma värmde."

Så var det med det. Det blev lite choklad och bulle och sen läggdags. Alma hade lång dag och skulle komma hem strax efter tio.

Barnen somnade direkt och jag tog en öl till och en pizzabit som låg kvar på bordet. Alma kom hem och vi satt en stund och pratade, precis som vanligt. Men det var inte som vanligt.

Vi la oss tidigt, så var det med det.

Fredag

Varför vaknade jag till denna dag när allt skulle avslöjas. Kaffedoften spred sig, röster hördes nerifrån och jag gick ner i bara kalsonger. Barnen var själva och åt frukost och spelade kort. Trevligt.

" Var är mamma."

" Jobbar."

" Kan ni tänka er att sova hos mormor ikväll, om hon är hemma. Jag och mamma skulle vilja åka bort en stund ikväll. Vi blir borta över natten. De ville gärna sova hos mormor.

Jag ringde svärmor och för hennes del gick det bra. Kollade Almas schema som satt på kylskåpet och vi kunde åka vid sex-tiden. Hon skulle jobba söndag från tio. Jag visste att hon inte bokat någon kund på lördagen. Kunde fungera, frågan var nu: ville hon eller...

" Matheus och Irma, vi åker till Arboga en sväng efter skolan och till min utställning på biblioteket och sen går det en film på Medborgarhuset som jag tror att ni kan gilla."

" Jaaaaa" blev den gemensamma responsen.

Svärmor kom förbi och hämtade barnen till skolan.

Jag tog det lugnt och åt en brunch tillsammans med Alma. Jag frågade Alma när hon blev ledig och hon kunde vara klar till strax före sex. Jag sa också att barnen skulle till mormor. Hon gillade idén och skulle vara klar. Barnen skulle äta hos mormor.

Jag åkte iväg strax efter tolv då barnen slutade tidigare och det var skönt. Lite mulet men varmt ute och när vi kom fram till biblioteket var det mycket folk på ut-ställningen. Det blev massor av frågor så barnen gick upp till barnavdelningen och bläddrade i böcker. Jag lyckades gå ifrån lagom till bion skulle börja. Många beställningar fick jag som ska levereras i veckan till biblioteket för av-hämtning.

Vi hann precis till bion och att köpa lite godis i foajén. `Den makalösa Maurice` heter filmen. Det var en fullträff. Alla gillade den.

Vi åkte hem direkt och hämtade det som barnen behövde hos mormor. Jag lämnade av dom hos mormor med en kram och de försvann in i deras egna rum som mormor ställa iordning för dom.

Alma hade slutat tidigare och var redan klädd för kvällen och vårt lilla äventyr. Jag var så nervös för vad detta skulle leda till.

Jag tog en dusch och valde ett par jeans, en passande skjorta och min bästa kavaj. Kändes bra.

Alma och jag tog bilen och for iväg. Jag hade bokat rum på Elite Hotell i Örebro och trerätters på en restaurant.

Jag parkerade vid hotellets egen parkering. Rummet var väldigt fint och Alma undrade vad vi skulle fira. Jag sa att vi ska fira något annorlunda än vi tidigare har gjort. Hon gav mig en blick av undran men jag låtsades som jag inte förstod. Vi lämnade våra väskor och gick till en närliggande restaurang, känd för sin goda mat.

"   Alex, så fint här och hotellet, men vad är det som hänt, vad är det vi firar."

Hur skulle jag nu lägga upp det som jag ville prata om. Hon var glad och lycklig för denna helg och jag skulle göra den till ett helvete. Bestämde mig för att vi skulle njuta av denna kväll och att vi pratar ut lördag förmiddag. Svärmor och barn var nöjda med att tillbringa natten tillsammans.

"   Vi firar att vår kärlek är stark och att vi ska klara alla utmaningar som vi har framför oss. Nu ska vi njuta av denna måltid och denna kväll för att ha kraft till det som komma skall."

"   Men Alex, ska du bli poet eller vad är det frågan om."   Hon sa de med ett leende.

"   Ja, kanske det, man vet aldrig. Jag har beställt en tre-rätters. Ska vi låta det vila i deras händer att servera den som de tänkt, inklusive vin, eller vill du beställa vin själv. "

" Nej, det låter bra att få det som de planerat."

Vi blev snabbt serverade och vi njöt av varje rätt. Från förrätt till den fräscha desserten som var ett konstverk. Allt kom i lagom takt, vinet var perfekt till varje rätt och nu satt vi här med, kaffet och en liten dessert och bara njöt. Vi hade förflyttat oss på servitörens inrådan till ett annat bord i en hörna vid sidan om där vi kunde sjunka ner i härliga fåtöljer med vårt kaffe. Vilken fullträff detta var. Vi pratade mycket och jag hade styrt in samtalet på lite av det jag skulle ta upp under lördagen.

Där vi satt var det som en liten musikbar och vi satt länge och tog en drink och njöt av tillvaron.

Strax efter midnatt bröt vi upp och gick genom en bit av stan till hotellet. Det var en lugn fredagkväll och inte kallt. Helt plötsligt blev det ett himla liv. Det kom en bil bakom och var nära att meja ner oss. Det var inte några andra där så det verkade som att det var riktat mot oss. Vi var målet för denna vilde. Vi hann undan men var ganska chockade efter detta. Kvällen och mörkret blev ett hot istället för en härlig upplevelse. Vi korsade gatan för att komma snabbare till hotellet då bilen kom från ett annat håll och vi fick gömma oss i en gränd strax innan hotell-ingången. Detta hade tydligen blivit uppmärksammat av en parkerad polispatrull någonstans och polisen tog upp jakten och vi fortsatte den lilla biten till hotellet. Vår lugna känsla var som bortblåst. Vi gick direkt till hotellbaren och beställde varsin whiskey. Sjönk ner i en soffa och vi satt alldeles tysta och Alma grät lite.

"   Alex, jag tror att vi måste prata lite om allt imorgon. Det finns vissa saker jag inte har berättat för dig."

Trodde knappt mina öron. Kunde detta vara möjligt. Nu kanske allt skulle komma fram.

Vi avslutade drinken, tog oss upp till rummet och en gemensam dusch. Chillade lite innan vi somnade i varandras armar.

Lördag

Det knackade på dörren. Det förstod jag efter en stund.

"   Roomservice."

Vaknade av det.

"   ett ögonblick."

Hade glömt bort var jag befann mig och ännu mer att jag beställt frukost på rummet. Drog på mig hotellets morgonrock och öppnade.   Alma sov fortfarande så jag tog emot vagnen och tackade.

Dukade bordet och Alma vaknade av sig själv.

"   Godmorgon, tänk att kaffedoften kan få mig att vakna."

Hon svepte in sig i hotellets morgon-rock och jag hällde upp kaffe.

Det var en fantastisk frukost med allt man kunde begära. Vi åt lite av det mesta samtidigt som vi pratade om lite mindre allvarliga saker. Vi ringde naturligtvis mormor för att höra att allt stod bra till.

Vi fyllde på kaffet och gick ut på balkongen. Vädret var fint och fortfarande svalt.

Alma tog till orda.

"   Alex, vi har aldrig ljugit för varandra, eller hur, men kanske vi inte berättat allt om varandra. Jag har en del saker jag inte berättat för dig. Men först vill jag veta varför denna helg blev av helt plötsligt."

"   Jo, det var Krim-Per som ringde mig efter att den där bilen susade förbi oss i hög hastighet. Jag kände igen föraren som Stefan eller Peter. Han som du sa hade gått på samma kurs eller nåt sånt. Jag undrade då om han satt inne, men det gjorde han inte. Då bad jag Per att kolla upp lite mer om denne man. Han hörde av sig i torsdags tror jag. Han berättade att Stefan/ Peter var inte så okänd för dig, och att han dessutom hade någon relation till Bergströms. Närmare bestämt Sofia Bergström och att även William fanns i Stefans/Peters krets."

"   Men herregud."

"   Ja, men låt mig fortsätta. Jag blev så chockad och bestämde mig för att detta måste du och jag reda ut. Därför bokade jag in detta för att vi ska kunna prata ut om detta och att vi är sanna mot varandra. Okey."

"   Jag förstår, Alex."

"   Ett ögonblick. Har foton med mig på Stefan/ Peter och vill gärna att du bekräftar likheten och att det rent av är samma person."

Alma studerade fotografierna och såg närmast chockad ut. Klädstil och frisyr var olika men det fanns ingen tvekan om att det inte var samma person.

"   Då är frågan, vad ska vi kalla honom. Stefan är ju en släkting Bergströms men Peter har ingen anknytning till dom. Stefan bytte namn helt enkelt namn till Peter Lostén. Eller vad tror du?"

"   Ja, Alex, vad ska jag säga. Grundlurad totalt. Jag har liksom inte tänkt så mycket att det kunde vara samma person, det är ju ruskigt. Så Stefan är son till Pia som är Sigges o Arnes syster. Pia som inte syns eller hörs. Och Stefan är alltså Peter Lostén."

Jag nickade bara och Alma började berätta.

"   Jag kan börja att berätta att Stefan och jag hade en kort relation en gång för länge sedan. Men den varade kanske ett par veckor tills han visade sitt rätta jag. Psykopat skulle jag vilja säga. Jag träffade honom genom Sofia. Vi var på samma kurs den tiden så det var så jag träffade honom. Jag visste inte då något om dessa människor. Hon var trevlig och han likaså. Och du vet historien med Sofia. Men William vet jag ingenting om innan han hämtade mig på sjukhuset. Alltså, jag minns inget av honom utom det när jag var liten. Stefan är en underlig person och han har ett ont öga till mig. Men var det han bakom ratten igår, menar du."

"   Jag tror det."

"   Men hur kommer det sig att han vet att vi var här"

"   Det är inte bara det. Vikarien på Irmas förskola hade de rätta rekommendationerna med foto och det som krävdes, men hon kan ha haft det som en mantel för något annat som inte riktigt har framgått på detta stadie, Jag hoppas att polisen fick tag i chauf. från igår och att Krim-Per ringer idag. Har du något mer att berätta."

"   Nej, inte vad jag kan komma på, och du, Har du några skelett i garderoben."

"   Inte mer än att jag och Strumpan var ett par för länge sedan. Hon var anledningen till att jag flyttade från Stockholm till Arboga. Hon träffade en annan snubbe som hon senare gifte sig med. Ganska jobbig tid för mig. Men sen träffade jag dig och förstod att det var Du som var och är min stora kärlek. Så jag har inga problem att träffa Strumpan idag. Jag träffade henne häromdagen och vi fikade ihop och pratade om oss lite. Hon är min bästa kompis, efter dig, som jag kan prata med. Hoppas att det är okey för dig."

"   Alex, gläder mig åt det. Hon är underbar och på sätt och vis min kompis också."

Vi avslutade vår frukost i sängen, lovade varandra att vara uppriktiga mot varandra, och klädde oss för en promenad och shoppade lite av det vi inte behöver men ville ha. Lite överraskningar till Matheus och Irma och svärmor. Vi avslutade med en enkel lunch.

Krim-Per ringde precis som vi slagit oss ner på en Thai-restaurang. Vi beställde bara dricka då vi ville avsluta samtalet innan vi intog vår måltid.

"   Hej Alex. Nu har vi fått tag i den där Stefan. Vi tog honom igår i Örebro. Vi har förstått att ni är, eller var där igår. Han sitter nu häktad för mordförsök då han bevisligen försökte köra på er i Örebro."

"	Per får jag avbryta lite här. Hur visste han att vi var där. Det var inte bestämt lång tid innan."
"	Det kan jag inte svara på men ska ta reda på det. Har du fått fram något om Almas förflutna m.m"
"	Ja, det är uppklarat och vi kommer att infinna oss hos dig i veckan och berätta allt och alla kopplingar hit och dit. Nu är vi på väg hem och det som är mest akut är väl Förskolan med vikarien som inte är riktigt trovärdig."
"	Okey, men kan ni komma upp i morgon under dagen eller efter sex ikväll. Jag är på kontoret hela dagen imorgon. Vi hörs om det."
Sa han och hade avslutat samtalet och lagt på i örat som han alltid gör. Han jobbade tydligen helger också. Undrade om han hade någon familj och barn. Han var en ganska forcerad man i femtioårsåldern. Medellängd, gråa tinningar mörkögd och muskulös och håret i en svans. För mig var han inte urtypen för en kriminalare. Men jag har väl sett för mycket Crime-serier på TV.
Vi beställde lite sushi och lite annat smått och gott. Drack alkoholfritt och pratade om allt och inget, som vi alltid gör. Jag kände att detta skulle bli bra och allt skulle lösa sig med det vi hade varit med om sista tiden och det som hänt tidigare i vårt liv. Vi hade framtiden för oss. Vi gick till bilen och körde hemåt.
Nästa vecka hoppas vi att det ska finnas en förklaring till alla händelser som stört oss sen vi flyttade till Medåker. och även en förklaring till

relationer med personer i vår närhet. Barnen var ute och lekte och kom springande mot oss när vi kom med bilen. Vi stannade och de hoppade in fast det bara var 50 meter till vårat hus.

De pratade om mormors goda mat som hon lagat på igår. En sorts pasta de aldrig ätit tidigare. På eftermiddagen hade de åkt till Arboga och köpt godis och sen tittat på TV till sent på kvällen.

Vi parkerade och de fortsatte att prata och vi satt nog i bilen mer än en kvart. Irma berättade:

"   Det var en rolig farbror i parken igår, som frågade efter mamma. Han skojade jättemycket och trollade för oss. Mormor gick fram till honom och sa att vi skulle gå hem. Hon sa att han såg ut som han som sålt potatis till henne en gång. Konstigt, va."

Jag blev alldeles kallsvettig.

Vi steg ur och gick in med våra tillhörigheter. Vi gav barnen varsin present. Alma hade gått före och öppnat och vi fick nästa chock.

Någon hade brutit sig in och sökt efter något. Det var inte speciellt stökigt men det syntes att någon varit där.   Men vad var det frågan om. Inte nu igen. Vi gick genom huset och det var mest oreda på mitt kontor och i vardagsrummet.

Jag ringde till Krim-Per och bad honom komma över innan vi började rota. Han infann sig relativt snabbt. Han hade Jack med, polisen som varit hos oss tidigare. De tog fingeravtryck och konstaterade att personen hade förmodligen tagit sig in via altanen, då dörren där var olåst.

Jag funderade på det och vände mig till Matheus.
" Pappa, jag hade glömt något som jag hämtade igår och då kanske jag glömde att låsa den dörren."
Han såg väldigt ledsen ut.
" Matheus, sånt händer vem som helst så var inte ledsen för det."
Han kopplade av och sprang upp till sitt.
Per var klar med uppdraget och skulle höra av sig senare under dagen.
Barnen gick upp och lekte. Mormor gick till sitt. Alma och jag tog ett djupt andetag, tittade på varandra.

Slog oss ner vid köksbordet. Jag hade tagit fram alla ritningar från Kreta-husen. Vi studerade möjligheterna för att börja vår verksamhet redan denna sommar. Vi måste snabba på lite för att boka in kurser. Huset var stort med många rum. Vi kunde bo i det lilla huset en kort tid och renovera samtidigt. Hade pratat med mor om det och hon gillade idén. Vi avsliutade
Hade en bokad fotografering av ett dop. Efter det skulle jag inte ta några åtaganden. Vilket betydde att jag kunde åka ner tidigare. Alma visade mig lite idéer för att skapa utrymme som jag själv inte tänkt på. Vi skulle kunna boka kurser för 6 personer /vecka till att börja med. Tvåbäddsrum samt det lilla rummet för instruktören. Det var inte mycket men en bra början. Jag lovade att

formulera en broschyr med text och bild så snabbt som möjligt.

Jag tog bilen och åkte ner till biblioteket för att se om det var några där. Lite sent på dagen men.

På biblioteket var det mycket folk. Jag blev kvar drygt en timme för att berätta om mina tavlor.

Tänkte då att jag nog skulle ha en föreläsning om Kreta innan jag åkte. Verkade finnas ett visst intresse för det.

Skulle jag hinna med. Om jag vill så hinner jag. Hade en del beställningar på mina tavlor för leverans i veckan.

Åkte hem och Alma hade bakat så vi fikade på altan. Naturligtvis var älskade Freja med.

Livet var en gudagåva. Hoppsan, jag är inte speciellt religös, vad hände.

Vi pratade om Kreta och Alma hade satt ihop ett program och kopierat ritningarna och gjort vissa ändringar.

Jag tog hand om disken och funderade på Viola, min kusin. Tomas som var en underlig prick, Min far som tydligen hade försvunnit för gott.

Tänkte också på min mor, som gett mig en bror: Manolis och en syster: Irini, som jag tyvärr inte hann lära känna. Som dött av en hjärtattack på planet utan att jag märkt något. Hon satt på samma rad som mig och jag visste inte vem hon var. Hon hade rört på sig ibland men sista halvtimmen var hon väldigt stilla. Hur skulle jag kunna tänka att hon var död.

Johan som jag ej hört något från. Tomas som enligt Viola var försvunnen. William, Almas bror som hade hämtat Alma från sjukhuset.

" Pappa, kan vi gå till parken en stund."
Jag hoppade till för jag hade inte märkt att han kommit ner i köket.

" Ja, det kan vi göra. Hjälper du till här då och säger till Irma så går vi till parken en stund."
Det var fantastiskt fint ute och jag satte mig på vår bänk medan barnen lekte, Det var massor av barn idag. Jag satt bara och njöt och tittade på alla barn som lekte. Efter en stund kom Pierre och Isabella. De hade kaffe med sig så jag tog en kopp.

Pierre började berätta om sitt nya jobb. Han hade bytt och jobbade nu som lärare på mellanstadiet. Naturligtvis datakunskap. Dessutom hade han privatkurser om någon ville och dessutom tog han emot datorer för lagning och programmering. Inte nog med det. Han var också vikarie lärare i franska. Han trivdes väldigt bra.

Jag berättade för Isabella om vårt projekt på Kreta och hon var väldigt intresserad. Hon hade en tanke om att kombinera det med semester med man och barn.

Pierre nickade godkännande. Irma ville säga något.

" Pappa, kan vi gå hem till Sebbe och Viktoria och leka."
Isabella svarade på den:

"   Ja det går bra. Ja ska gå hem och laga lite mat så det blir alldeles utmärkt."
De travade iväg i samlad tropp. Jag och Pierre satt kvar.
"   Pierre, Du vet allt som hänt kan jag tänka mig. Det är någon som varit i vårt hus igen."
"   Va."
"   Någon har gått in bakvägen, via altanen, dörren var olåst. Någon har letat efter något men inte kastat omkring halva inredningen. Den som gjort det har gått försiktigt fram. Vi ska se om något fattas senare."
"   Men varför, ni har väl haft det lugnt ett tag."
"   Nja, inte riktigt. Hänt lite småsaker som jag inte kan gå in på just nu. Inget direkt allvarligt men väldigt irriterande. Krim-Per har varit och tagit fingeravtryck så vi får kanske något resultat framåt kvällen. Men, en fråga: kan du hjälpa mig med datorn imorgon."
"   Ja det går bra."
"   Ja, det blir bra. Skicka hem ungarna om en timme.
Pierre nickade och gick hem till sitt och jag till mitt.
Alma satt i köket med ritningarna. Hon gillade att planera och fixa.
"   Alex, , jag har kommit på att vi kan göra flera rum i stora huset. Det finns ju möjligheter på övervåningen. Och sen framöver kan vi göra iordning annexet. Det kan säkert bli tre rum till.
Det är fantastiskt vilka möjligheter som öppnat sig. Eller om ladan ska göras till yogaklasser och

utrymme för målar-skrivkurser. Tänk dig stora panoramafönster. Skulle det vara möjligt?"

"   Alma, allt kan vara möjligt det är bara vi som känner begränsningar.

Jag höll med, detta kommer att bli ett nytt kapitel i vårat liv.

"   Alma, barnen är hemma hos Isabella och jag bad Pierre att skicka hem dom om en timme ungefär. Trevliga människor.

Har du jobb eller kan jag stänga in mig på kontoret en timme och förbereda för tavlor som är beställda och sen göra upplägget till vår nya verksamhet. Kreta nästa."

Hon gav mig en härlig kyss och sa att hon tog hand om resten av dagen så jag kunde jobba ifred. Hon hade inga pass förrän imorgon.

Jag kunde inte se att det försvunnit något från kontoret, det verkade bara stökigt.

Dagen förflöt i lugn och ro. Ungarna lekte och sprang från hus till hus. Precis som det hade varit innan det blev turbulens.

Jag hann med massor av förberedelser under resten av dagen och Alma kopplade av med lite matlagning, tvätt och städning ha ha.

Efter middagen skickade vi barnen till Isabella igen och åkte ner till Polisen för att prata med Krim-Per.

Vi satt väl där en timme och berättade det vi visste och svarade på hans frågor. Han skulle höra av sig i veckan. Vi åkte hem till Pierre och hämtade

143

barnen. Deras hus var nästen helt återställt efter bilen som kört in i deras hall. Låter inte klokt.

Isabella var en riktig inrednings specialist, precis som Berit.

Alma och jag sa i mun på varandra att hon skulle satsa mer på detta som ett yrke. Kvällen närmade sig och vi gick hem till vårt. Vi hade ännu inte kommit på vad som varit anledning till det senaste intrånget i vårt hem. Men ska ta mig en sväng i huset imorgon förmiddag och försöka förstå vad som hänt och om något speciellt saknas. Jag trodde inte det utan den (de) som varit där hade bara letat och inte hittat det som den(de) letade efter. Tror också att de/den stördes så huset lämnades i all hast.

Kvällen förflöt lugnt och behagligt.

Söndag

Skönt att vakna hemma med två ungar som sov i våran säng. Jag hade faktiskt gått och lagt mig i Matheus rum ett par timmar. Nu låg vi alla i våran stora dubbelsäng och berättade roliga historier. Det var en underbar stund.

"   pappa, jag är hungrig, så jag går ner och ordnar frukost till oss och jag ropar när det är klart."

"   Jag vill hjälpa till."

De sprang ner för trappan och vi slappade tills vi hörde deras rop nerifrån.

Det doftade kaffe och rostat bröd. Rena hotellfrukosten var framdukad.

Efter frukost gick jag och barnen till parken. Senare skulle vi åka till Almas syster en sväng. Hon fyllde trettio år. Vi umgicks inte så mycket. För vi gillade inte hennes sambo, Karl. Han var betydligt äldre än Berta och en välbeställd man. En kille hon träffat för inte så längesedan. Han var en komplicerad man och det funkade inte mellan oss. Alma hade sina åsikter om honom. Han arbetade på Saab och hade någon form av chefanställning. De hade träffats där för kanske

145

något är sedan. De hade inga gemensamma barn. Karl hade två killar i tonåren sen tidigare.

Hon och Alma träffades med jämna mellanrum. Berta var helt olik Alma. Hon hade samma vackra ögon som Alma, men lite gråblont hår. Hon var kort till växten och hon var ganska ointresserad av det mesta. Hon jobbade på Saab i Arboga. Ekonomi-avdelningen. De bodde en bit utanför Arboga mot Götlunda i ett fint gammalt hus. De hade inga grannar på nära håll.

Alla grannbarnen var i parken och lekte denna härliga, soliga söndagsmorgon. För mig var detta lycka. Lugn och ro.

Alma gjorde oss sällskap en stund. Hon hade kaffe med sig och saft och bullar till alla barnen. Det var ca femton barn. Alma gav barnen filtar som de la ut på gräsmattan och sen satt vi alla där och pratade och skrattade.

Vi hade svårt att lämna parken men vi skulle klä oss lite proprare för systerns kalas. Det var inte bara vi som var bjudna. Det skulle vara 20 personer där åtminstone.

Vi skulle vara där vid ett-tiden.

Vi blev naturligtvis lite försenade, som vanligt men de tog emot oss med öppna armar på gräsmattan utanför deras hem. De hade dukat upp i trädgården så fantastiskt fint. Vi blev bjudna på en drink och lite tillbehör som serverades på ett sideboard. Matheus och Irma hittade kompisar på en gång. Fanns barn i alla åldrar.

Vi blev presenterade för alla gäster och en kände vi igen. Krim-Per var tydligen en god vän till maken. Hur kunde det komma sig. Men de umgicks tydligen i vardagen.

Det var bordsplacering och jag hamnade bredvid en kvinnlig klasskamrat till Berta. Alma hamnade i andra änden av bordet tillsammans med en manlig arbetskollega till Berta.

Vi serverades den bästa tre-rätters jag kunde minnas. Bättre än den jag och Alma hade njutit av i Örebro. Fantastiskt perfekt sammansatt och stämningen var väldigt fin. Underbar sommar-musik i bakgrunden framförd av lokala musiker. Min bordsdam var en berest ung kvinna som hade mycket att berätta om resor hon gjort. Jag var den perfekta lyssnaren eftersom jag var väldigt intresserad av att resa. Hon hade aldrig besökt Kreta dock, så jag fick chansen att berätta lite om ön och familjens projekt.

Då blev hon väldigt intresserad eftersom hon var utbildad erfaren yoga coach. Hon gav mig sitt visitkort.

Måltiden avslutades med ett litet fyrverkeri och presentutdelning till födelsedagsbarnet.

Vi hade fått information angående en önskan om insamling av pengar till en resa till Santorini som hon önskat sig länge. Karl betalade sin del själv och vi la till det som behövdes. Så på bordet ställdes fram av servitören (naturligtvis fanns en sådan under hela lunchen) bestående av en krukväxt i jätteformat med en växt som fanns nästan bara på Santorini.

Berta såg alldeles chockad ut. Alla ställde sig upp och sjöng samtidigt som en båt kom fram bakom krukan och ut på bordet där seglen utgjordes av två flygbiljetter.

Trodde Berta skulle svimma men hon grät av lycka när hon tog seglen i handen och förstod resmålet.

Det var nog den finaste födelsedagsfesten jag varit på.

En del lämnade därefter men vi med barn stannade en stund för barnen lekte. Vi vuxna var kvar slog oss ner i en soffgrupp och pratade om allt möjligt och ingenting.

Väl hemma blev det vila och mera Kreta. Vi undrade hur vi skulle stå ut tills vi hade fått iordning.

" Alma, jag hamnade bredvid en kvinna som var yoga-coach och hon blev så intresserad av vårt projekt att hon gav mig sitt visitkort.

" Men det var toppen. Den mannen jag hamnade med var kollega till Berta på ekonomiavdelningen. Gissa hur kul det var. Han var så upp i sitt jobb så det fanns inget annat i hans liv. När han var ledig ägnade han sig åt att ge privatlektioner i matematik och logistik. Jag som är så intresserad av siffror och bokföring, ha ha ."

Alma hade bokat in en kund klockan sex men skulle ner och städa av lite och fräscha upp.

Matheus hade en recension av boken att göra och Irma skulle följa med Alma ner till SPA. Ibland tyckte hon det var roligt.

Jag satte mig på kontoret och letade efter något som fattades men kunde inte se att det fattades något. Vad hade någon letat efter. Färdigställde det jag hade börjat med och sen blev det god tid över till prospekt. Letade efter fotografier som kunde passa. La upp en text som förklarade lokaler och rum. Det var inte lätt då vi inte hade renoverat. Men jag gjorde lite improviserat med närbilder på möbler och inredning i övrigt. Resultatet blev ganska bra.

Vi samlades till en sén middag. Ingen var speciell hungrig efter lunchen hos Berta. Irma hade fått lite massage av Alma och Matheus hade skrivit recension av sin bok. Han läste högt vad han skrivit och det var väldigt intressant. Han hade ordets gåva, tyckte vi.

När barnen kommit i säng satte vi oss ner och gjorde planer. Vad skulle vårt hus heta t.ex.

Liv alla Dia, föreslog Alma. Lät onekligen lite coolt men höll det. Jag hade ingen idé så vad skulle jag säga. Vi sa att vi skulle sova på saken.

Helgen var över och det hade hänt en del men mest hade vi kopplat av.

" Alma , du bokar din resa imorgon och så utgår vi därifrån för vidare planering. Jag tycker det är viktigt att du åker dit och ser hur det är på plats. Du är ju också lite mer noggrann än mig. Ser saker som jag inte tagit notis om. Så fort du kan planera med dina kunder, lägg in resan."

"   Ja, det ska jag göra. Går igenom listan ikväll och bokar om framåt och om det fungerar så avbokar jag från torsdag. Spännande."

Vi slog oss ner på altanen en stund med en kopp te´. Vi sa inte mycket utan var och en hade sina tankar som vi var upprymda av.

Vi ställer in oss på Kreta. Varför någon tagit sig in i huset fick vänta. Inget var stulet så vi la oss med ett leende på läpparna om att vi skulle ha en underbar framtid framför oss. Det var en del olösta frågor men det kommer att ordna sig med tiden. Vi hade god tillit till framtiden.

"   Godnatt kära Alma, min älskade hustru. Vi ses imorgon bitti.

"   Godnatt min käre make, vi ses imorgon."

Mobilen ringde,Krim-Per

"   Hej Per höll precis på att somna, fatta dig kort."

"   Ursäkta mig Alex. Vill bara säga att William, Jens och Alma är alla syskon med samma pappa men olika mödrar. Godnatt."

"   Vad ville han denna tid på dygnet?"

Berättade om vad han sagt och Alma kommenterade.

"   Men det är ju fel. Stefan är ju Sigges barnbarn. Bror till Claes. Pia´s barn. Nu har Per missat något. Hon somnade på stubinen medan jag ägnade mig att försöka förstå. Men det lönade sig inte och jag föll i sömn så småningom.

Måndag

Jag, Alma, beslutade mig för att ge mig av. Till Kreta. Hade planerat att åka kommande torsdag och en vecka framåt. Jag hade mycket att upptäcka där. Hade avbokat en del kunder och Bella skulle ta några av mina pass. Men jag hade nog tänkt stanna mer än en vecka. Det var mycket jag skulle reda ut på Kreta. Lite gammalt, lite nytt. Nu skulle jag förbereda ordentligt. Elliot hade överlåtit ett litet hus någonstans på Kreta. Ett tag trodde jag att det var hotellet, men så var inte fallet. Detta var ett arv som ingen visste om. Som så mycket annat som man inte visste om mig. Framför allt Alex. Han var den underbaraste make man kunde ha.

Jag reste mig från stolen på altanen. Vi hade ätit frukost som vanligt och Alex som trodde att jag hade kund hade tagit barnen till förskola och skola och skulle uträtta några ärenden i Arboga. Jag diskade ur min kaffemugg. Den som Alex hade satt sitt foto på. Hela familjen hade fått en egen mugg med bild och rolig text. Skitkul!!!!!
Och den där Krim-Per, varför skulle han ifrågasätta om jag var den jag utgett mig för. Som tur var så fanns ingenting på mig och Alex, han är så godtrogen.

Jag gick upp och duschade och tog på mig mina
arbetskläder. Tog min almanacka med bokningar
och gick till jobbet. Idag var det min mor som
kom först. Hon fick massage en gång i månaden,
oftast på måndagar.

"   Hej mamma."

"   Hej hjärtat, hur mår du."

"   Jag mår bra, ovanligt bra."

"   Du ger dig iväg till Kreta?"

"   På torsdag, ska boka ikväll."

"   Vet Alex om att du har ärvt något?"

"   Nej, men mamma, du vet ju att han inte vet.
Det måste vara en hemlighet tills jag kommer
tillbaka. Och du får inte prata bredvid mun. Du vet
att han inte vet allt om oss. Jag måste ta reda på
en del när jag kommer ner. Det är mycket som är
oklart. Okey.

"   Jag ska vara som vanligt, ska du massera mig
nu, tack"

"   Hon lade sig på bänken och vi sa inte ett ord
på 45 minuter."

Jag hade en hel del jobb så jag fixade en macka
och en kaffe till lunch och fortsatte hela dagen
och gick upp först framåt kvälls-kvisten. Alex var i
köket och plockade ur diskmaskinen. Han hade
lämnat en portion till mig på köksbordet och ett
glas vitt vin. Han gav mig en kyss på pannan. Han
är så go'.

"   Var är barnen, det är så tyst.

”	De är uppe och läser varsin bok. Jag ska gå upp och vi ska prata lite om det dom läst och sen blir det sova.”

Alltså han är nog världens bästa pappa och make. Funderar mycket på mina släktingar Bergström och vad det ska leda till. Men jag måste göra denna resa nu innan det är försent.

”	Alma, jag ska till Arboga imorgon tidigt. Fixar frukost men sen måste jag dra iväg. Kan du se till att ungarna kommer iväg till skolan?”

”	Jag kan ta det men jag kan inte hämta. Vart ska du imorgon?”

”	Jag ska till Krim- Per. Han har lite nytt om Bergströms.”

Höll på att sätta vinet i halsen. Fick skärpa till mig. Vad var det Per skulle berätta. En viss oro infann sig. Men ändå hade ju Per varit och nosat men inte hittat något nämnvärt att komma med.

”	Men det är ju spännande. Kanske vi kan se någon lösning på de där Bergströms någon gång. Alex, jag tror jag går och lägger mig. Jag har kunder från fem till halvåtta och följer barnen till skolan efter det.”

Jag gav Alex en puss på kinden. Han kom upp lite senare och vi kelade lite för vi älskade varandra oavsett vad som än händer. Det måste jag tro och hoppas på.

Tisdag

Morgonen flöt på som vanligt och vi gick hemifrån i god tid. Alex hade gjort frukosten och redan gett sig iväg.

Det där med att följa med Matheus och Irma till skola och förskola har jag fått många kommentarer till, men vi tycker det är befogat med tanke på det som tidigare hänt, speciellt Irma. Det är alltid en underbar promenad då vi språkar om allt möjligt. Kamrater till barnen ansluter och ibland blir det så mycket prat så vi kommer nästan försent till vårt mål. En morgon gjorde vi bort oss. Vi glömde att stanna vid skolan så skolbarnen fick springa tillbaka från förskolan för att hinna i tid.

Det berättas dock om saker som kanske inte alltid borde sägas. Jag får en inblick i familjer som inte alltid var av positiv karaktär. Ibland undrade jag var gränsen går för att anmäla föräldrarna eller inte. Mest framstår det positiva men det har kommit till ett nytt syskonpar som är lite introverta och verkar inte vara på samma plats som vi andra. Kalle och Lotta, som bodde en bit bort och lämnades av på vår väg med bil av föräldrar vi aldrig sett hittills. Jag såg fram emot att träffa dom på kommande föräldraträffar.

Vi skildes åt med kramar och jag gick hem och tog mig an mina kunder fram till lunch

Alex lyste med sin frånvaro så jag åt lite matrester sen gårdagen.

Ringde ett samtal till Kreta för att boka rum. Absolut inte på Nora utan jag valde ett billigt hotell inåt Chania. Hade bott där som ung. Jag bokade 10 dagar.

Alex hade ännu inte hört av sig. Började bli lite orolig huruvida han fått någon kännedom om mitt tidigare liv av Krim-Per.

Efter lunch fick jag en ny kund som för mig var helt okänd och presenterade sig som Susan MacKinskey. Hon verkade vara i min ålder, välklädd och väldigt trevlig. Hon sa att hon bodde i Fellingsbro och hade hört talas om mig genom bekanta. Vilka sa hon inte. Hon hade bokat en vanlig halvkropps massage. Det blev inte mycket konversation under behandlingen. Hon berättade bara att hon hade två barn, tio och tolv år. Hon hade flyttat till Fellingsbro från Stockholm för drygt ett år sedan.

Fellingsbro var en by med ca 1,400 invånare. Tillhör Lindesbergs kommun. Inte så långt från Arboga. Det har en av länets största kyrkor med anor från medeltiden. På 1600-talet fanns det många järnbruk i trakten. Fellingsbro består av en liten kärna av bebyggelse runt järnvägsstationen, i övrigt finns mest åkermark. Norr om finns Sveriges enda stupa, 11 meter hög och invigd 1988 av Dalai Lama.

Hennes namn var på något sätt bekant men jag kunde inte minnas varifrån. Det kommer säkert att visa sig framöver. Jag fortsatte jobba till framåt sju med mina stamkunder. Inget märkvärdigt hände. Alex hade hämtat barnen och släppte Matheus och Irma hos mormor.
Det var ju tisdag och Matheus skulle laga mat
och mormor och Irma skulle hjälpa till. Fantastiskt roligt. Jag kom sent varför de tagit med sig min portion hem. Maten som barnen lagat till stod på bordet. Det var en pastarätt med mycket chili och en frukt och grönsaks sallad. Otroligt gott. Jag njöt i fulla drag och tog ett glas vitt vin till. Alex såg jag inte till. Och det var väldigt tyst. Hörde ljud från min mobil. Var hade jag lagt den. Inga signaler då jag fann den på köksbordet.
` Okänd uppringare.` Det var bara att vänta vem det kunde vara.
Dukade av och fyllde diskmaskinen då det ringde igen.
"   Hallå."
"   Ville bara säga att du ska nog inte åka till Kreta, det kan stå dig dyrt. Nu när jag har hittat dig via långväga bekanta så är det bäst att du tänker till ordentligt."

Meddelandet var avslutat. Jag stod med telefonen mot örat och förstod inte vad jag hört. Det var en för mig helt okänd röst. Och vad skulle detta betyda. Nog har jag hemligheter alltid men inte av denna kaliber att jag skulle bli hotad. Lade ifrån mig mobilen på köksbordet

Gick ut på altanen där jag hittade Alex. Han låg på schäslongen och sov. Det såg rogivande ut och han var så vacker. Väckte honom inte utan satte mig framför TV.n för att se på nyheterna och fick en chock.

<u>En välkänd kriminalare var misstänkt för brott i Västmanland och som ledare för en stor liga. Han hade inte anlänt till sin tjänst på morgonen och gick inte att finna. Flygplatser stängda. Tullar är informerade.</u>

Alex hade vaknat och kom in gav mig en puss på kinden. Min älskade man. Jag visste inte hur detta skulle bli framöver men jag fick ta en dag i sänder. Jag berättade inte om det samtal jag just fått på mobilen. Ej heller den kvinna jag haft som kund idag. Ännu mindre vad jag hört på nyheterna.

Tisdagen höll på att gå mot sitt slut. Jag gick också upp till barnen som fortfarande var vakna. De hade varit så tysta. Läste saga för dom och de berättade om hur deras dag hade varit. Irma kommenterade naturligtvis skolmaten. Hon hade bett att få vara med i köket när de lagade mat men det gick inte. Men de sa att de skulle ta reda på om de kunde ha två barn med i köket under matlagningen. De tycket det var en fin idé.

Irma var så nöjd och längtade tills det skulle bli av. Hon var fast besluten om att det skulle bli så.

Lämnade barnen och gick ner. Alex hade bänkat sig och tittade på nyheterna.

" Alex, jag bokar resa till på torsdag. Det funkar bra för mig."

" Det blir jättebra, Alma. Du kommer att bli så frälst i huset och omgivningen. Har du bokat hos Eftichis."

" Nej, jag vill bo mer inåt staden. Jag har bokat ett rum för preliminärt tio dagar och till ett väldigt bra pris. Jag tänker dra av det på företaget då det kommer att gälla min verksamhet framöver."

" Men varför tio dagar?"

" Jo, det kanske blir färre eller fler dagar. Kanske vill åka tidigare. En vecka är däremot för lite tror jag "

" Ja det håller jag med om. Det tar ett tag innan man landar mentalt. Vill du se något på TV, jag hittar inte något intressant."

" Vi kan väl slå oss ner på altanen, det är en sån fin kväll."

" Ja, det tycker jag med."

Jag hämtade två glas vin och lite lins-chips och vi slog oss ner med varsin filt på schäslongen.

" Alma, jag vet inte om jag har fel, men har vi lossnat från varandra om jag får uttrycka mig så. Du har blivit så tyst på sistone och undvikande."

". Ja, kanske, jag vet inte. Jag funderar över en del olika händelser och känner mig lite osäker om hur jag ska uppleva Kreta. Det var ett tag sedan jag var där. "

" Men vad är det som känns oroligt?"

" Jag vet inte riktigt vad det är men det lägger sig nog. Alex ska vi gå och lägga oss."

Vi satt en stund till under tystnad, smuttande på det sista vinet i glasen.

Plötsligt hörde vi någon utanför huset. Lätta steg men hård skosula. Vi försökte lyssna varifrån det kom. Vi reste oss försiktigt, släckte ner huset och smög omkring som riktiga inbrottstjuvar i vårt eget hus. Nu hördes något igen men vi hade svårt höra varifrån. Det var nästan kolsvart ute. Jag tyckte ljudet kom från ytterdörren och öppnade den hastigt samtidigt som jag tände utebelysningen.

En person i svart reste sig snabbt och sprang mot skolan. Av medel längd. Man eller kvinna, oklart. Helt plötsligt såg jag Alex springa efter i bara tofflorna. Men den som stack iväg såg inte Alex utan stannade av. Han stannade i lekparken och vad jag förstod så hade han en mobil och han pratade med någon. Jag hade dragit till dörren så hen inte skulle se mig. Alex var nästan framme och saktade ner och smög sig fram. Han fotade utan blixt och sen kunde han fånga personen ifråga. Men hen drog sig ur sin Hoodie och försvann in i skogen. Alex kom lunkande tillbaka och jag förstod att han hade ont i fötterna. Han var riktigt andfådd. Tog en stund innan han tog till orda.

" Alma, jag tror att jag vet vem det är, men säger inget nu innan jag tänkt till ordentligt."

" Men varför det, Alex. Är det en hemlighet för mig? När ska du berätta det, tänkte du?"

"   I morgon, tro mig, ska du få veta. Är det okey
för dig?"
Jag skrattade till lite innan jag svarade. Tyckte allt
var lite absurt.
" Nja , det vet jag inte men har jag något val?"
Vi gick och lade oss och vi somnade ganska
omgående.

Onsdag

Vaknandet blev allt annat än lugnt. Matheus vrålade rätt ut och Irma skrek för full hals. Jag och Alex hade aldrig lämnat sängen så snabbt. Irma satt i sin säng och pekade på en punkt i rummet. Matheus stod vid dörren. Vi försökte att se vad som var orsaken till denna hysteri. Alex såg det först, en död fågelunge. Sorgligt. Alex avlägsnade den, torkade golvet medan jag tröstade barnen. De var verkligen ledsna för det som hänt och frågan om hur den kommit in i rummet tog fart. De trodde den kommit in igår kväll medan fönstret stod öppet. Logiskt, tänkte jag och förmodligen sant. Skadat sig i rummet på något sätt och lämnat jordelivet. Vi gick ner för den vanliga frukost proceduren och bestämde att vi skulle begrava fågeln under vårt körsbärsträd innan vi gick till skolan.

Så blev det och sen gick vi tillsammans till skolan. Det var ett fantastiskt maj-väder. Vinkade av Matheus och Irma och vandrade hemåt.

"   Alex, när ska du berätta om det som hände igår?"

"   Alma, du ska få veta under dagen. Först ska jag ner till Arboga men jag är hemma till lunch. Hur jobbar du idag?"

"   Jag börjar om en halvtimme och jobbar hela dagen. Så barnen blir dina efter tre."

"   Okey, fixar lite lunch åt oss."

Alex tog bilen och åkte och jag satte mig för att boka resa. Det gick snabbt. Hittade och imorgon flyger jag. Känns både härligt och skräckinjagande. Hade en del att ta tag i på Kreta.

Fyllde på kaffemuggen och slog mig ner i soffan. Satte på TV.n för att se lite morgon nyheter och fick en chock.

'En kriminalpolis hade anmälts för intrång på privat mark igår kväll någonstans i Sverige. Hade upptäckts av husägaren och anmäld idag på morgonen'

Men kan det vara möjligt att det var Krim-Per som varit utanför vårt hus.

Det var nog min vilda fantasi som spelade in. Finns ju fler kriminalare i detta land. Hörde röster utifrån och såg att Alex hade kommit hem. Han pratade med grannen och de såg synnerligen allvarliga ut. Jag sjönk ner i soffan igen och fortsatte att titta på nyhetsmorgon. Inte var det något sevärt men jag avvaktade lite när Alex skulle komma in och berätta om vad som hänt.

Vaknade till av altandörren som stängdes. Jag hade slumrat till alltså. Alex kom fram och satte sig i soffan.

"   Komplicerat är vad det är."

"   Vad har hänt, Alex? Jag hörde något på nyheterna och undrar om detta är något som har med oss att göra. Berätta."

".   Ja du Alma, var ska jag börja. Det är helt otroligt och så sorgligt. Han är den jag berättat allt för, litat på och som skulle hjälpa oss. Ofattbart."

"   Men vet du vad han har gjort mer än denna händelse?

"   Nej, det är förhöjt i dunkel. Alla är lika chockade som vi och det avslöjas ingenting. Nu blir han av med jobbet och ska förhöras. Vi ska inte säga någonting till någon. Han är ännu inte avslöjad för allmänheten. Det är för att eventuella medbrottslingar inte ska dra öronen åt sig och lämna landet eller lägga ner sin verksamhet. Så vi håller tyst tills hans namn presenteras i media. Förresten kommer en civilpolis imorgon tidigt och ska ta lite fingeravtryck. Vi ska bara säga, om någon frågar, att det var någon som varit där och vi är lite skrämda sen tidigare händelser. Mycket att hålla reda på, eller hur?"

Jag nickade i samförstånd. Jag var visserligen chockad men sen jag träffat honom på syrrans födelsedagsfest så hade jag hört något besynnerligt som nu fick en annan innebörd. Det var långsökt men ändå så troligt.

Jag hade en hel del kunder under av dagen och Alex åkte ner till Arboga igen. Han skulle besöka biblioteket och göra en del inköp.

Jag funderade mycket på hur det skulle bli på Kreta. Det fanns ett hotell som varit min fars, Elliots hotell.

Men var låg det? Min mamma visste så jag måste fråga henne. Kanske kunde hitta det. Om det nu fanns kvar. Vem hade då ärvt det.

Sen var det lite andra småsaker att tänka på.

Det var Johan också. Hoppades att jag inte skulle behöva råka på honom. Det hade varit svårt för mig när vi skildes åt. Han hade bara dragit då jag var beredd att leva hela livet med honom. Det sved. Inte för att jag ångrar Alex. Jag älskar honom av hela mitt hjärta.

Så jag hade tur som blev lämnad eftersom Johan tydligen växlar kvinnor som han byter skjortor.

Nog om det. Jag slängde i mig lite matrester och gick till jobbet. Hade tre helkropps kunder och det skulle ta sin tid. Sen hade en ny kund bokat halvkropps. Spännande.

Det betydde att jag skulle sluta vid sjutiden ikväll.

Alex skulle hämta barnen och ge dom mat och sen skulle de gå på föräldramöte i skolan. Irma skulle komma ner till mig en stund. Hon ville ha lite massage.

Dagen gick fort och Alex hade dukat lite sén middag. Han hade lagat en underbar fisksoppa med räkor. Och till efterrätt blev det glassbomb.

Vi åt tills vi nästan sprack och Matheus berättade om Gustav i hans klass som spillt på sig så det såg ut som han hade kissat på sig. Som tur var hade han träningsbyxor i skåpet så han kunde byta.

Matheus och Irma skrattade hejdlöst.

Sen spelade vi Labyrint, ett bords spel, Jag vann till allas förtret. Speciellt Alex. Han var dålig förlorare. Han reste sig upp så spel o pjäser flög all världens väg. Alla skrattade gott och han hade överdrivit lite så det skulle bli ännu roligare. Vilken härlig kväll.

Vi skickade upp barnen och jag gick upp senare och läste saga. De undrade hur länge jag skulle bli borta.

"   Drygt en vecka , kanske. vi skulle Ses på FaceTime när vi ville. Nu är det sovdags."

Vi kramades och jag bäddade ner dom som när de var små.

Alex låg på soffan och tittade på TV. Jag lade mig bredvid. Inget hade sagts om Krim. Vem det var eller var det hade skett. Som att någon lagt locket på.

Vi drog upp till sovrummet och duschade tillsammans mm.

Vi somnade när huvudet nått kudden.

Torsdag

Jag blev väckt, som tur var av dottern. Jag hade en tendens att vara morgontrött. Vi gjorde oss iordning och åt faktiskt frukost själva. En så härlig stund.

Jag väcker Matheus, sa Irma och rusade upp för trappan. Matheus kom ner, färdig för skolan, och gav mig en jättekram.

" Mamma, varför ska du åka till Kreta. Pappa har varit där och tagit foton som vi har sett."

" Jag vill se det i verkligheten för att vi ska kunna planera tillsammans hur vi ska göra med husen. Det ska bli så roligt. Jag hoppas vi kan åka dit allihop i sommar. Vad tycker du, Matheus?"

" Jo, jag är också lite nyfiken. Skulle vara kul och bada. Ska vi åka efter skolan?"

" Vi vill ju gärna. Resor är dyrt men vi ska leta efter bra priser. Jag tror säkert att det går att hitta något. Nu måste vi iväg.

" Godmorgon, nu är jag här, till ert förfogande. Har tydligen sovit väldigt länge. Jag hänger med till skolan. Alma, lite kaffe tills jag kommer om du inte jobbar."

" Det fixar jag."

Alex var väldigt glad denna morgon. Han hade verkat väldigt trött på senare tid. Så det var skönt att han verkade pigg. Han har inte sagt någonting om Krim-Per så det kan vara så att Per inte är den de tror. Han kanske har en annan uppgift i ett större sammanhang.

Tog en sväng ner till mitt SPA när barnen gått iväg. Behövde städa lite till min första förmiddagskund. Såg direkt att det inte var som vanligt. Känslan av intrång var stor. Gick igenom alla rum som var tomma. Några av mina terapeuter var redan igång. De störde jag inte. Gick igenom varje rum igen och hittade i mitt eget lilla kontorskrypin några papper nerkastade på golvet och första byrålådan öppen. Rörde inget. Såg mig runt med blicken för att se om det var något annat som tycktes onormalt. Då såg jag, mina rökelser på hyllan var borta samt alla oljor för min massage. Tänkte då att det vara bara en mantel för det dom egentligen tog. Men jag förstod inte exakt vad det var. Vem skulle jag nu kontakta. Krim-Per var inget bra alternativ och vem skulle jag då prata med.

". Alma, var är du?"

" På jobbet, jag kommer upp om en minut. Sätt på kaffet."

Jag låste samtliga rum som inte var upptagna. Gick upp ock kontrollerade schemat. Men ett av rummen var inte bokat nu. Någon okänd var där.

" Alex, kan du följa med mig ner för jag tror att det befinner sig någon obehörig i ett rummen. Det finns inge bokat där efter mitt schema."

Alex svarade inte utan tog min hand och så gick vi ner för trappan. Samtidigt hördes en dörr stängas i källaren. Vi snabbade oss ner och Alex sprang mot dörren som stod öppen men såg ingen utanför. Jag gick till det rum som personen befunnit sig i och hittade….. ingenting. Trodde jag skulle bli galen.

"   Alma, jag ringer till polisen. Har fått ett annat nummer till en annan polisman, så han får komma hit. Han har alla uppgifter om våra händelser så han är väl insatt. När har du kund."

"   Klockan tio."

Alex slog en signal till hans nya kontakt Inom polisen som jag inte visste namnet på. Han hade inte nämnt hans namn. Jag antog att det var en man.

"   Alma. Alvar kommer om en stund så han hinner innan du ska ha kund."

´ Alvar…. Kan det vara möjligt?´

Alvar, med ett L? Trodde inte mina öron. Kunde det vara han som jag hade älskat villkorslöst, över allt annat, tills han gjorde bort sig totalt. Hur skulle detta gå. Det var osannolikt att det kunde vara möjligt. Kommer han att känna igen mig.

Jag sa till Alex att jag måste gå på toaletten uppe och att jag kommer om en stund. Jag drog mig undan och hörde röster från hallen och att de gick ner till mitt SPA. Jag hade gett nycklarna till Alex. Jag stannade tills jag hörde att Alvar lämnat.

"   Alma, vart tog du vägen?

"	Jag kommer ner nu, det tog lite längre tid än jag trodde. Vad ska hända nu."

"	Alvar var tvungen att ge sig av men kommer om en stund. Vi måste ordna en halvtimme åt honom för att undersöka alla rum. Du måste lösa det på något vis."

Jag ringde upp alla inblandade och jag löste det med akuta avbokningar pga. sjukdom. Det var en del som reagerade lite negativt, men det var tur att det inte var så många bokade på förmiddagen. Alla hade naturligtvis planerat sina dagar.

Alvar skulle komma tillbaka om en stund och jag måste hitta på något trovärdigt sätt att inte närvara. Just då ringde telefonen. Det var mor.

"	Godmorgon, mamma."

"	Godmorgon kära dotter, kan du komma över en stund. Behöver lite hjälp med en sak."

".	Jamen, visst, kommer på momangen."

Kunde inte ha varit lämpligare samtal i denna stund. Jag meddelade Alex att jag skulle gå över till mamma.

Jag stannade länge hos mor. Hon behövde hjälp med att hänga upp en gardin då vi bett henne att inte kliva upp på någon stege. Sen fikade vi och hon hade gjort ett fantastiskt gott bröd. Tiden gick och till slut så ringde Alex och undrade när jag skulle komma. Jag frågade om de var klara och om Alvar hade lämnat. Det hade han.

Jag gick hem efter en stund och Alex satt i köket och såg bekymrad ut.

Jag frågade om Alvar hade hittat något.

"   Han tog några fingeravtryck och tittade noga under stol o bord o massagebänk. Han hittade ett par grenuttag som vi satt dit när vi gjorde om lokalen. Han tog upp grenuttagen och skruvade isär dom framför mina ögon.   Alvar hade antecknat rummen som var avlyssnade. Han la fingret framför munnen, tystnad, och han visade mig den avlyssning som satt inne i grenuttaget. Vi drog oss uppåt och stängde dörren till SPA.
Alvar skulle ta hand om avlyssnings-detaljerna, desarmerade dom och vi kunde konversera på normalt vis. Han ska höra av sig om fingeravtrycken. En del har kört igång verksamheten på SPA. Har du någon kund nu, eller?"
".   Nej, jag ringde till min kund och vi kunde boka om. Jag har en kund som kommer snart. Jag har hjälpt mamma med att byta gardiner. Men vilka rum var avlyssnade."
"   Det var ditt rum och Isabellas. Men sen var det rum fyra, som jag inte vet vem det är uthyrt till."
Jag visste precis vem det var. Hade en misstanke redan från början men den gick liksom inte att ta på. Hade kontrollerat hennes uppgifter och det fanns absolut inget som inte verkade korrekt. Hade dock inte kontaktat polisen men det kanske var dags att göra det. Vem skulle jag då kontakta, Alvar?....
Jag sa inget till Alex. Detta måste jag ta i själv.

Alex la fram sina funderingar över situationen om vad som skulle hända och vem som kunde vara intresserad av att avlyssna mitt SPA. Kunde det vara så att någon kund hos oss har satt in avlyssning på rummen. Han försökte att hitta en rimlig anledning till händelsen.

Jag funderade på mitt håll eftersom jag har personer som vill prova alla våra tjänster vilket betyder att de haft tillgång till alla rum. En fundering var nu om någon av våra kunder skulle försvinna när det nu uppdagades att avlyssningen var avslutad.

Men å´ andra sidan hade jag mina misstankar men ville som sagt inte gå in på det.

Jag sa till Alex att jag skulle göra en lista för att se vilka som kunde tänkas fortsätta att boka och vem jag misstänkte. Skulle den komma tillbaka. Samtidigt som jag skulle försöka hinna ta kontakt med någon på polisen under dagen. Min resa ikväll fick inte äventyras så han fick hålla reda på det så gott han kunde. Jag skulle ringa mina hyresgäster om de kunde informera Alex de närmaste dagarna om de hade några förändringar i deras schema som inte var rapporterat till mig. Det händer ju att ett återbud kan ske ganska sent och en annan tar tiden. Som t.ex. någons bekant eller släkting.

Alex skulle fara ner på stan och äta lunch med en kompis angående ett fotojobb och jag måste fokusera på att jobba och packa. Mitt flyg gick sent ikväll. Jag gjorde iordning lite att äta och

började jobba. Hade två pass att avverka. Stämningen på SPA var lite dämpad denna dag. Mina kära hyresgäster ställde frågor så fort de hade möjlighet som jag inte kunde svara på. Försäkrade dem om att det inte var något allvarligt. Åtgärder hade tagits och eftersom inte alla var närvarande så skrev jag ett meddelande på anslagstavlan i väntrummet.
Jag hänvisade till Alex om de ville ha någon form av hjälp den kommande veckan.
Dagen gick fort och mellan passen mötte jag upp barnen från skolan och när vi kom hem var Alex på plats. Vi satte oss i det fina vädret ute på altanen med varsitt glas saft. Vi pratade om min resa och skolan och semester. Matheus och Irma började längta lite till Kreta. De sa att de var nyfikna på hur det skulle vara. De hade naturligtvis sett foton och vi hade berättat en del men det kunde vara svårt för dom att föreställa sig hur det såg ut. Jag tyckte det var svårt att förstå. Det skulle bli så underbart att åka ner och titta på nära håll. Alex drog sig in till köket och började med maten medan jag och barnen småpratade om skolan och några nya klasskamrater till Matheus. Irma berättade att Malin var tillbaka som vikarie. Hon gillade henne väldigt mycket. Malin var den vikarie som var närvarande, utan att någon visste, då, när Stefan försökt att hämta Irma. Kändes lite obehagligt men hon var registrerad på vikarie poolen så jag fick försöka att tro på att det var korrekt.

Vi satt i solen och pratade om allt möjligt. Matheus längtade till sommarlovet som bara var drygt två veckor bort. Då skulle jag vara tillbaka från Kreta. Sen fick vi se när vi kunde åka ner tillsammans.

Tiden går fort när man har roligt. Min väska var packad och Alex och barnen skjutsade mig till tåget. De vinkade av mig, Irma fällde en tår, Matheus gav mig en stor kram och Alex viskade i mitt öra att han älskade mig. De vinkade tills de inte syntes mer och det blev så rörande att jag började gråta. Tog min kabinväska och gick mot tåget. Det kom efter någon minut och inom två timmar skulle jag stiga av vid Arlanda Central och ta hissen upp till Terminal fem för vidare resa till Kreta. Det är fantastiskt. Jag hittade min bokade plats, slog mig ner och somnade ganska snabbt. Spänningen hade varit stor de sista dagarna och nu släppte allt.

Vaknade strax innan T-Centralen som tur var. Ryckte upp mig lite och drack min medhavda nypressade apelsinjuice. Det var Irma som pressat den. Min lilla älskling. Som vuxit så mycket på sista tiden.

Kände mig utvilad och såg fram emot resan. Med viss skepsis och oro men i det stora hela så skulle det bli spännande.

Inte många passagerare som gick av vid Arlanda. Såg mig omkring för att hitta hissen. Tog mig upp till Terminal 5 och det öppnades liksom en annan värld. Massor av människor som var på väg någonstans i världen. Butiker och matställen slogs om utrymmet. Jag inriktade mig på vilken gate jag skulle vara vid. Den stora tavlan visade gate tio och jag följde anvisningarna som ledde mig till rätt utgång. Var inte benägen att handla på taxfree så jag letade upp närmaste matställe och slog mig ner med en kopp kaffe.

Det var en timme till boarding. Tog upp min anteckningsbok och penna och började skriva; Bergströms.

Almas resa

Det var några stycken och jag visste att jag ingick i den släkten. Krim-Per hade funnit ut att William, Jens , Stefan (Peter)och mig.
Kanske fanns fler men det visste jag inte.
Jag skulle inte vara framme förrän framåt två på natten. Hade bokat hotell inte långt ifrån centrum. Avbröts i mina funderingar av utrop från gate tio. Det var dags. Samlade ihop min packning och satt kvar. Jag var inte så speciellt bra på att stå i kö. Det verkade som om mitt plan var fullbokat. Nu var det dags och det gick fort att komma på plats. Jag hade fönsterplats och bredvid satt två kvinnor i min ålder. Vi hälsade lite försiktigt på varandra. Resan blev lugn, och jag beställde en kopp kaffe för att hålla mig vaken. Ingen mat hade jag beställt.
Fortsatte att göra lite anteckningar om Bergströms. De var en släkt med kriminella gener. Kan man ha det?   Den här resan var en del i sökandet efter anledningen till att vi blivit avlyssnade, hotade och utsatta för olika trauman. Jag hoppades att min resa skulle leda till något positivt. Jag var en del av Bergströms och hade

lite hemligheter i bagaget som ingen visste. Det måste jag lösa nu på denna resa.

Landningen var suverän. Det kändes knappt.

Jag tog det lugnt och lät de stressade passera. Nerför trappan in i bussen och transport till Terminalen i Chania. Det var ombyggt sen jag var här och jag hittade inte direkt. Det var mycket större och bättre än förr. Inga andra plan landade denna tid så terminalen tömdes snabbt och många väntade på sitt bagage. Jag gick rakt ut i vänthallen och ut på gatan. Det var kolsvart ute och väldigt varmt och fuktigt. Jag såg mig omkring och där stod Jens och William och väntade på mig för att skjutsa mig till hotellet. Det blev inte mycket sagt i taxin, vi var väl alla trötta. Vi bestämde att vi skulle ses imorgon eftermiddag. Det var nu sanningen skulle fram om de så omtalade Bergströms, eller.

Fredag

Vaknade av den så omtalade sopbilen som Alex kallade för stenkrossen. Steg upp och drog ifrån gardinerna men såg ingen sopbil. Förmodligen så passerade den på en intill-liggande väg. Klockan var drygt fem och jag drog för gardinerna och gick tillbaka till sängen och somnade om. Vaknade av en mobilsignal.

"   Hallå. det är jag, Alma."

"   Godmorgon, har du sovit gott?"

Jag sov nog fortfarande för jag kunde inte förstå vem det var.

"   Vem är det? Jag är så trött och har knappt vaknat."

"   Men Alma det är jag, Alex. Ska jag ringa senare?"

"   Ja, snälla du, blev sén och måste nog sova en stund till. kram."

Jag la på och fortsatte att sova.

Vaknade av att det knackade på dörren och jag tänkte bara ropa rätt ut: sluta knacka.

Sansade mig och hittade mobilen. Klockan var över elva. Två samtal hade jag missat. Jag satte mig upp, hängde på mig min klänning och öppnade dörren försiktigt. Det var städerskan. Jag bad henne om att komma tillbaka om en halvtimme.

Kastade av mig klänningen och tog en dusch för att vakna. Drog ifrån gardinerna och tittade ut över husen runt omkring. Jag bodde på tredje våningen och utanför mig var det mest hotell. Gatan nedanför var en cafégata och det var mycket folk i rörelse. Såg trevligt ut.

Jag hängde upp lite kläder i garderoben och gick ner för att äta frukost.

Slog mig ner på första stället och beställde en kaffe. Var inte speciellt hungrig.

Njöt av att vara. Härligt varmt och soligt. Folk som flanerade förbi i aldrig avslutande led.

beställde mer kaffe då mobilen ringde.

" Godmorgon Alma, känner du igen mig nu?"

sa han och skrattade lite.

" Ja, Alex, jag var så trött."

" Alvar har återkommit med resultat på finger-avtrycken och det fanns inga någonstans, mer än våra och de som hyr ett rum eller är kunder. Vi ska nu ta fingeravtryck på de vi kan så det är fullt upp."

" Men herregud, det är inte klokt. Jag kan inte göra något och på mitt schema finns alla hyresgäster och de har namnen på sina kunder. Kan du jobba med det då? Det blir väldigt mycket att hålla reda på. Hinner du det?"

" Ja, det går bra. Det får ta den tid det tar. Just nu ska jag ta mig till Arboga och utställningen."

" Okey, Alex, vi hörs, puss och kram."

Drack ur mitt kaffe samtidigt som jag funderade på det Alex sagt.

Alvar var nog min första kärlek. Jag kunde inte äta och knappt sova innan jag fick tag i hans telefonuppgifter. Han hade ringt, innan mobilens ankomst naturligtvis, till mitt jobb. Jag var inte där och de hade hört att han hette Allan Fagerberg. Men det var Alvar Lagerberg. Så jag tog ingen notis om det. Men sen fick jag kontakt med honom genom en gemensam kontakt. Som dessutom varnade mig för honom av någon anledning.

Men vi sågs efter ett par dagar för en fika. Jag kunde inte låta bli att titta på honom hela tiden. Hans varma, bruna ögon och hans leende.

Han var skild, elva år äldre än mig och hade barn i yngre tonåren.

Vi blev ett par och umgicks på all ledig tid. Han hade ju sina barn men den övriga tiden var vi tillsammans. Antingen hos honom eller mig. Det var en fin tid. Ett par år höll det då jag fick veta att jag inte var den ända.

Han hade verkat lite frustrerad den senaste tiden och hade många ursäkter för det. Jag försökte att förstå men ibland tyckte jag att det var lite konstigt. Vi hade varit så tajta. Försökte hålla mig undan lite och sa att jag inte kunde träffa honom. Det var inte lätt. Han bekände så småningom att han hade haft ett kort förhållande till en tjej på sin arbetsplats som inte kunde släppa taget. Hon hade hotat med olika åtgärder om han inte fortsatte sin relation. Han skulle göra sitt bästa men jag åkte utomlands och när jag kom hem avslutade jag det hela. Jag orkade inte med problem. Men jag led något fruktansvärt, kunde inte sova, rökte och drack öl när jag var ledig. Min arbetsplats blev min räddning. Detta pågick tills jag träffade Alex. Jag blev kär men inte passionerad. Ibland tänker jag att passionen kan vara lite farlig.

Alex är min stora äkta kärlek men han vet inte allt om mig. Jag måste på något sätt berätta min historia till fullo. Har ju berättat om min far och att jag och min mor rymde från honom och Kreta. Men min fortsatta tid i Sverige har också innehållit vissa perioder av vansinne, om man kan uttrycka sig så. Ibland kan jag fundera över om jag vet vem som ligger bakom alla dessa händelser i mitt och Alex liv. Jag svarade på ett meddelande från Jens. Vi skulle ses om en halvtimme på Kouzina EPE. för lite mat. Jag har aldrig varit där men Alex tyckte att de serverade god mat.

Jens och William att redan på plats då jag anlände. Det var väldigt många matgäster. En fin uteplats i all enkelhet. Jag kramade Jens men William nickade jag bara till. Vår relation var inte mycket att ha. Han hade verkligen skrämt upp både mig och familjen tillräckligt. Undrade faktiskt hur Jens kunde umgås med honom.

Vi beställde lite olika rätter som vi skulle dela på. Jag beställde en alkoholfri öl. Grabbarna tog in en karaff vin.

"   Jaha, nu är vi här och jag vet inte riktigt vad är det som händer och varför ni har bett mig att komma hit?"

Jens var först att svara.

"   Alma, det är så att vår far hade en del ägor vilket vi inte visste. Nu, efter så lång tid, har en advokat kontaktat mig och det visar sig att det finns ett arv som ska delas mellan oss. William sa ingenting. Maten serverades och vi intog den under tystnad. Den avbröts och Jens tog till orda.

"   Alma, hur har ni det där hemma."

"   Jo, det är bra kan jag säga. Mitt SPA rullar på och Alex har en hel del fotojobb, utställningar och tidningsartiklar om det Kreta som vi ska bygga upp."

"   Har hört något om det häromdagen då vi sågs. Men inte ingående.Vad är det för verksamhet?"

"   Alex har ärvt efter en farbror. Ett litet ställe med 250 olivträd och några byggnader som vi ska restaurera och göra till ett SPA och sommar-boende. Men när kom du ner?"

"   Jag kom igår, ganska tidigt. Var ligger det?"

"   Det ligger nära kända stranden Elafonissi."

"   Den har jag hört talas om, spännande.

William åt under tystnad och verkade inte ens vara närvarande i stunden.

Jag försökte pocka på uppmärksamhet men det gav inget resultat. Jag undrade varför han var där över huvudtaget.

Vi avslutade vår lunch som var väldigt välsmakande och tog en promenad ner till hamnen för lite kaffe.

Jens började berätta om första gången han var på Kreta efter att han och hans mor hade mer eller mindre rymt från Elliot. Han var tjugo år och nykär. Han och flickvännen tillbringade en vecka i Chania och där slutade den kärlekshistorien. Han skrattade åt minnet.

Vi slog oss ner på Remezzo cafe´ som låg vid fontänen.

William hade inte sagt ett ord.

Jens tog till orda.

"   William, nu måste du säga något. Vi har inte så stor aning om vad vi ärvt och var det ligger. Du måste guida oss genom det här. "

William skruvade på sig lite, tog en klunk av sin Frappé och tog till orda:

"   Jag bryr mig inte om att ni är här för det är bara ett måste. Vi måste dela på tillgångarna fast de egentligen tillhör mig som ställt upp för vår far mer än någon annan. De mödrar som lever har fått sin del av arvet. Även din mamma, Alma, fast hon kanske inte sagt det. En ganska stor summa pengar.

Min mor skulle också fått sin del men hon finns inte att uppnå och det är en av anledningarna att denna procedur har tagit flera år som vår far har försökt att få tag i våra mödrar men ej lyckats.

Vi ska åka en bit utanför stan och jag ska visa er var tomterna ligger. Det är sammanlagt tre stycken. Tomterna är byggbara och ligger ca fem km. härifrån. Ni ska få ritningar på alla tomter och imorgon ska vi ses hos advokaten på eftermiddagen. Exakt tid har jag inte men ställ in er på det. När kaffet är urdrucket så åker vi."

Där tog hans medverkan i vårt samtal slut. Vi drack vårt kaffe och gick till bilen som Jens hyrt. Jag och Jens satte oss i baksätet.

Vi åkte några kilometer utanför Chania mot Rethymnon och lite uppåt bergen. William stannade och vi klev ur.

"   Här ligger en av tomterna och det går bra att gå en sväng. Det är inhägnat. Jag väntar här."

Jens och jag såg på varandra och gick in i inhägnaden. Vi gick runt under tystnad och tog in det vi såg och fotograferade. Utsikten var `outstanding`. Havet en bit bort och bergen i bakgrunden, inramade av olivträd. Vi gick runt hela tomten som också innehöll en liten husruin. William stod vid bilen och rökte en cigarett.

"   Jaha, ska vi åka vidare?"

Ja, det tyckte vi. 10 minuter bort låg nästa tomt och det var ungefär likadan tomt förutom att husruinen var lite större.

Den tredje tomten var något större och inrymde faktiskt ett litet hus som var beboeligt. Vilket innebar att det var ett fungerande kök, ett wc och ett litet rum. Men fullt intakt. Jag o Jens tittade på varandra och bestämde där och då att om William vill ha det så valde vi de andra.

Så fortsatte vi vår resa och det tog oss tillbaka till Chania. Jag och Jens hade gjort våra anteckningar som vi skulle titta genom på kvällen. Vi räknade inte med att William skulle göra oss sällskap.

Han släppte av oss vid Saluhallen och önskade oss en trevlig kväll."

"   Jag skickar sms om tiden imorgon."

Och så var han borta. Jag och Jens gick ner till hamnen och satte oss igen på Remezzo och tog ett glas vin och sa inte ett ord utan bara såg ut över hamnen och alla turister som gick förbi.

"   Jens, åkte du själv ner hit?"

"   Ja, William kontaktade mig med sms och sa att jag skulle komma ner för att få tillgång till arvet. Inga krusiduller, så det var bara att åka. Glömde nästan att kontakta dig men som tur var så blev det gjort. Annars hade vi åkt tillsammans men då hade jag redan bokat. Därför blev det ett meddelande bara från mig. Hoppas du ursäktar mig för det."

"   Naturligtvis, men när kom William ner?"

"   Om jag förstår rätt så har han varit här en längre tid, förutom när han var uppe i Sverige när han störde dig. Han har två barn men jag vet inte om han är skild från sin fru. Han var väldigt fåordig när jag kom ner. Han hämtade inte mig vid flyget utan vi sågs på en fika dagen efter. Han är inte speciellt lycklig, den mannen"

Vi småpratade lite om våra liv och familjer, om Strumpan och Alex.

Vi blev sittande säkert över en timme. Vi letade upp en fotobutik och kopierade dokumenten så vi fick ett var. Jag sa till Jens att jag skulle träffa en gammal vän. Vi skulle höras över tidig lunch eller brunch på lördagen för att gå igenom dokumenten vi fått av William. Jag gick upp mot Saluhallen som nu var under ombyggnad. Tvärs över gatan vinkade någon till mig och vid närmare titt så såg jag att det var Johan. Mitt hjärta slog dubbla volter och jag såg hur han kom gående i snabb takt mot mig och vi hamnade i varandras armar. Hur kan så många år inte göra skillnad i känslor. Det var som vi sågs igår. Vi gick gatan ner och in på mitt hotell. Upp på rummet och där hände det. Vi älskade nästan hela natten och pratade. Kommer inte ihåg om vi sov över huvudtaget den natten.

Lördag

Vi vaknade till sans framåt förmiddagen av min mobil. Jag visste direkt att det var Jens.
Svarade så fokuserat som möjligt.
" Godmorgon Jens, var ska vi ses?"
" Godmorgon, det var snabba bud. Jag sitter redan på Remezzo. Kommer du hit?"
" Ja, jag är där om en stund."
Johan tittade på mig och log. Han var lika vacker som jag mindes honom. Med sina blåa ögon och sitt blonda bångstyriga hår som alltid var okammat men doftade underbart Hans klädstil var alltid det senaste i modeväg.
Vi skildes åt utan löften om morgondagen. Men jag visste ändå vad som skulle hända de närmaste dagarna.
Jag hade inte ägnat någon tid åt dokumenten som jag hade i min hand då jag gick till Remezzo. Skulle vara tvungen att slänga ur mig en liten lögn.
Jag ringde upp Alex som inte svarade. Jag lämnade ett meddelande.
Såg Jens från långt håll. Han satt ytterst mot kajkanten med en kopp kaffe i handen. Han var fin, min bror. Han hade låtit sitt lite mörka cendré melerat hår växa sen sist jag såg honom. Han var

lång och smal, bred över axlarna som en simmare.
Men framförallt var han en väldigt snäll kille.
Han hoppade till när jag drog ut stolen för att slå
mig ner.
"   Oj, vad du skrämde mig. Satt i andra tankar. "
Han reste sig och gav mig en kram.
Han beställde en Freddo Espresso, som är en
utsökt iskaffe i min smak.
Vi tog upp dokumenten och började att gå
igenom dem.
Jens tyckte att jag var lite svävande som inte hade
några åsikter. Efter att vi studerat dessa kom vi
överens om att de var likvärdiga men med olika
avstånd från Chania och Rethymnon. Tomten som
låg närmare Rethymnon hade ett litet hus som
kunde fungera. Intakt med kök, wc och ett rum.
Vi hade kommit fram till vilka vi var intresserade av.
Det var de som låg närmare Chania. Jag beställde
en enkel frukost. Jens nöjde sig med en toast.
Sen tog vi en promenad runt Chania och
turistade. Vi shoppade, tog oss ifrån turiststråket
och gick in i små kvarter tills tiden började närma
sig lunch. Vi valde en liten taverna med 6 bord
inne och färdiglagad mat. Där satt några ensamma
män och åt. Vi slog oss ner och beställde en
bläckfisks gryta och lamm i ugn med citronpotatis.
Till det en grekisk sallad. Så gott och framför allt
hemlagat. Fanns totalt fem färdiga rätter på denna
lilla kvarterskrog. Det fanns dessutom sidorätter
som kokt grönsallad (xorta), kokta rödbetor,
zucchini, blomkål och morötter.

Vi var alldeles tysta under måltiden. Vi delade på maten och smakade av varandra. Det var otroligt gott. Vi pratade om våra barn och kära tills det plingade på Jens telefon. Han nickade mest och det blev ett kort samtal.

"   Det var naturligtvis William och vi ska vara hos advokaten inom en halvtimme. Han gav mig adressen så vi kan betala och gå snart.

William var på plats hos advokaten. En advokat som samarbetade med en jurist i Sverige.   Han hade haft flera ärenden med svenskar inblandade. Vi blev inkallade på hans kontor och han presenterade sig som Manolis Tzidakis, en man i fyrtioårs åldern.   Jag förstod direkt vem han var. Han var lik Alex, tyckte jag, Alex bror. Jag vilade i det och jag visste att vi skulle ses senare.

William lämnade fram dokumenten och frågade mig och Jens vilka tomter vi var intresserade av.

Jag pekade ut de vi var intresserade av och William skrev våra namn på respektive dokument som vi signerade och överlämnade till Manolis. Han tackade för sig och lämnade sällskapet.

Tystnaden blev total när jag och Jens blev kvar. Advokaten tittade på mig och Jens med en frågande blick.

Manolis tog fram några formulär vi skulle fylla i och jag lämnade in min först. Han iakttog den länge innan han till slut ställde frågan:

"   Are you the wife of Alex Bofakis?"

" Yes. And you are his brother. I recogniced you from som photos. I suppose we will see you and your family this weekend."
Han reste på sig och kom fram och gav mig en puss på kinden och önskade mig välkommen till Kreta. Han bjöd in mig och Jens till sin familj och han såg väldigt lycklig ut. Det var därför jag tyckte att jag på något vis kände igen honom. Han och Alex hade vissa likheter.
Han tog emot våra ifyllda formulär och sa att han skulle höra av sig om några dagar. Han såg så glad ut och han gav oss sitt visitkort och bad att vi skulle höra av oss. Kanske en fika ute.
Vi sa att vi gärna ville träffa honom lite privat.
Vi lämnade Manolis och vi kunde inte riktigt förstå att vi var med varsin tomt på Kreta.
Vi slog oss ner på ett café, igen, och försökte smälta allt. Vi hade förstått att med en ruin på en tomt i Grekland gjorde det lättare att få tillstånd att bygga något utan svårigheter. Ännu bättre om det var et hus.Det gjorde ju också de mer attraktiva. Den tilldelades William eftersom den låg närmare Rethymnon. Han var nöjd med det.
Vi tog en glass och grekiskt kaffe. Jens mobil plingade. Han svarade men sa inte så mycket.
" Det var William. Han sa att nu ville han vara ledig från oss. Han hade utfört sitt uppdrag och ville ha lugn och ro. Sen la han på. Jag undrar vad han har emot oss. Vi har ju på något vis inte skapat en situation. Han måste må ganska dåligt. Sorgligt."

Jag höll med. Vi drack ur kaffet och skildes åt. Vi bestämde att ses framöver. Jens skulle stanna en vecka och han skulle bege sig till sin tomt och fota, fundera och planera. Han var så lycklig över den och skulle göra allt för att kunna utnyttja möjligheten att ha ett lite semesterhus att komma till med sina barn. Och som en så fin person som han var skulle han prata med Strumpan och se om de kunde göra något för att även hon och barnen skulle kunna semestra där.

Vi skildes åt. Jag promenerade sakta till hotellet. Jag var väldigt nöjd med dagen. En egen tomt med en ruin nära Chania och ett familjeägt, hus på sydväst kusten med olivträd. Livet håller på att förändras för familjen Bofakis.

Jag var trött och tänkte lägga mig en stund. Så blev det och jag vaknade när det var mörkt ute. Kände mig utsövd.

Mobilen surrade. ` Jag väntar på dig.``

Jag blev alldeles varm och jag vet var han var så jag tog fram mina fina klänning, tog en dusch och gick ut i mörkret för att möta Johan. Johan med det blonda, rufsiga väldoftande håret. Han som jag aldrig glömt.

Jag såg honom från långt håll och vi promenerade i skydd av mörkret där ingen kunde se oss.

Söndag

Vaknade i den mjukaste säng jag någonsin sovit i. Jag var själv. Kaffedoften spred sig i rummet och någon sjöng i köket. Johans hem var väldigt charmigt. Lite bohemiskt inrett med en svag doft av rökelse.

Jag låg kvar och tänkte faktiskt på Alex. Han hade inte hört av sig igår. Vi hade lite distans just nu och det var enbart mitt fel. Jag har liksom börjat tveka på saker och ting. Jag har ett förflutet som han inte vet om och jag måste ha det i åtanke framåt. Och denne Johan är något som jag inte räknat med.

Johan kom in med en välfylld frukostbricka och jag klev upp ur sängen och vi slog oss ner på hans fina balkong. Den var synnerligen vacker med mycket gröna växter, lampor, härliga korgmöbler.

"   Är detta din lägenhet?"

"   Javisst, jag äger den. Den är liten men för mig alldeles lagom. Att köpa en lägenhet här i Chania är en ren investering för framtiden."

Kaffet smakade gudomligt och avokado toasten var förträfflig. Vi sa inte så mycket. Johan studerade mig uppifrån och ner.

" Det var längesedan, Alma. Jag har verkligen lidit denna tid. Du är inte lätt att glömma. Har haft en del relationer men ingen bräcker dig."

"   Men Johan, det är ju mer än sju år sedan. Jag har tänkt på dig en del men gått vidare i livet. Vad jag inte visste är att jag har så starka känslor för dig nu. Jag är så kär så jag vill bli en med din kropp. Det är liksom som att jag blir sjuk av åtrå. Jag har det bra i mitt äktenskap och inget att klaga på. Men den här känslan av passion är nästan som en känsla av beroende."

Jag hann varken att äta klart eller prata färdigt förrän han hade lyft upp mig från stolen och förde mig till den stora underbara sängen. Vi var som ett och vi tillbringade mer kan halva dagen i sängen. Våra kroppar var som två ormar som slingrar sig tillsammans.

Johan hade stått på flygplatsen när jag landade, som platschef. Vi såg varandra på en gång. Vilken dragningskraft. Han var dock upptagen och kunde inte gå ifrån. Jag skrev en lapp med mitt mobiler. och gick förbi honom och stack lappen i hans hand. Han nästan rodnade.   Samma kväll hade han ringt och på den vägen är det.

Framåt eftermiddagen duschade vi ihop, klädde oss och gick ut på stan. Vi bara gick utan mål men hamnade till slut nere i gamla hamnen där vi slog oss ner för lite mat.

Någon klappade mig på axeln och jag vände mig om. Där stod Jens som en liten överraskning. Jag bad honom slå sig ner. Presenterade Johan som en guide som Alex träffat. Grabbarna skakade hand och vi småpratade lite tills Jens sa att han skulle träffa en kompis som jobbade på ett hotell i *närheten. Jens hade ringt till Manolis som sa att vi var välkomna till honom innan Jens skulle åka hem. Vi bestämde att höras imorgon bitti om när vi skulle dit. Det skulle bli spännande.*

Jag och Johan satt tysta kvar en stund. Johan tog min hand.

"   Hur länge ska du vara kvar?"

"   Jag har ingen retur men det är skolavslutning i början av juni och då måste jag vara hemma. Jag ska hyra bil på tisdag och åka upp till det vi ärvt från Alex farbror. Du kan inte följa med eftersom grannar vet vem jag är. Jag stannar där kanske i tre dagar eller mer. Men vi ses när jag kommer tillbaka."

Johan såg lite besviken ut men detta måste ju ändå bli ett avslut. Det skulle var inte lätt att skiljas men det var ett val jag måste göra och därför skulle det bli skönt att åka till huset ett par dagar.

Vi gick sakta hemåt till Johans lägenhet där vi naturligtvis hamnade i sängen direkt. Hur skulle jag klara detta. Mina känslor var översvallande men jag kom ihåg varför vi separerade då. Johan hittade en annan och försvann. Han sårade mig djupt. Men han har funnits i mina tankar och när Alex pratade om guiden Johan på Kreta då förstod jag att det var han.

"   Johan, vad var det som hände med din motorcykel?"

"   Någon stal den för att köra till Elafonissi. Vad jag har förstått. Vem det var vet jag inte än. Ej heller varför den hamnade i Livadia. Helt galet."

" 	Har du fått tillbaka den?"

" 	Ja, men den är ju förstörd. Är på en verkstad och jag måste få besked om hur mycket jag kan få på försäkringen om det blir för kostsamt att fixa."
Alex hade inte ringt idag heller. Jag måste ringa honom imorgon. Vi småpratade tills sömnen tog över.

Måndag

Uppvaknandet blev abrupt. Johan var redan påklädd och på väg ut.

" Alma, jag måste iväg för det har hänt en olycka på ett hotell. Jag hör av mig under dagen. Extra nyckel finns på en krok vid ytterdörren. Vi hörs sen."

Han gav mig en kyss och en kram som jag sent ska glömma, och gav sig iväg.

Gjorde mig iordning, tog en dusch, klädde mig och gick ut. Satte mig på första bästa cafe´ för en kaffe och toast. Det var full rusch redan men klockan var faktiskt strax före tio. Gregóris hade en övervåning med utsikt över Saluhallen. Jag ringde upp Alex.

" Hej Alex, hur mår ni?"

" Jo, det är bra och du?"

" Det är fint här i Chania. Idag ska jag till Manolis och hälsa på."

Jag berättade i korta drag vad som hänt med William och Jens.

" Men visste du att de var där?"

Ja, de mötte mig vid flyget och det var för att vi skulle få ett arv från vår far. Han hade investerat i tre likvärdiga tomter som skulle fördelas mellan oss. Det är helt otroligt. Jag kommer att berätta detaljer när jag kommer hem. Hur mår barnen?"

"	De mår jättebra. De är faktiskt redan ute och leker med Sebastian och Viktoria. Det är kanonväder här. De har ledigt från skolan. Har du varit i Livadia än?"

"	Nej, Alex jag ska hyra bil imorgon och ringa till din mor. Sen ska jag vara där ett par dagar. Ska bli så spännande. Idag är jag och Jens bjudna till din bror på lunch."

"	Toppen, jag tar barnen nu och åker till Arboga. Vi ska gå på museum. Vi ska handla lite också. Glöm inte att jag älskar dig. Puss och kram."

"	Puss och Kram Alex, krama barnen."

Jag undrade varför han sa så där.

Ringde upp Jens. Han hade pratat med Manolis och vi skulle dit på lunch strax efter två. Seida skulle närvara, spännande.

Jag tog en promenad ner till hamnen. Besökte den stora kyrkan, S:t Dimitrios där jag tände några ljus, satte mig en stund och kände hur lugnet lade sig i kroppen.

Johan hade inte hört av sig. Undrar vad som hänt. Skulle träffa Jens om en timme. Vi skulle köpa lite presenter till familjen. Jag hade med mig lite foton som Alex lagt ner i bagaget.

Jag bestämde mig för att sätta mig på en bänk vid hamnen.

Funderade över ingenting. Bara studerade alla turister som passerade. Lutade mig tillbaka och bara njöt. Det var längesedan jag hade tillbringat *tid med mig själv. Funderade på mitt liv i stort och kände mig nöjd.*

Efter att försjunkit i mig själv höjde jag blicken och fortsatte att iaktta turisternas vandringar på Hamnpromenaden. Min blick fick syn på ett välbekant ansikte på andra sidan viken. Det var ett par som satt tätt omslingrande på ett cafe´ och såg väldigt kära ut. Jag trodde jag skulle trilla av bänken eller svimma. Tog fram mobilen och tog ett foto med darrande händer. Kanske jag hade tagit miste. Förstorade fotot och tveklöst kunde jag konstatera att det var den jag trodde.

Johan, älskade Johan, hade bränt mig igen. Min ilska överbryggade min sorg och jag var nästan på väg att lämna bänken för att ta mig till motsatta sidan och ställa till en scen. Reste mig samtidigt som jag kände en klapp på axeln. Vände mig om hastigt

"   Oj godmorgon, skrämde jag dig?"
Jens gav mig ett stort leende.
"   Hej, Jens, nejdå, jag satt bara i andra tankar men ingen fara."
Jag kände hur mitt hjärta slog hårt under huden och tårarna var nära men jag lyckades hejda mig.
"   Slå dig ner om du vill, eller ska vi gå och handla presenter till Manolis med familj."
Jens slog sig ner med sin kaffe han hade med sig medan jag inget hellre hade velat än att lämna så fort som möjligt.
Jens pratade om hur lycklig han var för denna tomt han ärvt. Han skulle åka dit idag framåt

eftermiddagen och fota den från alla håll och visa för Barnen och Sirpa.

Han pratade och berättade medan han drack sitt kaffe och jag var så ofokuserad så jag missade säkert mer än hälften av det han sa.

"   Alma, Alma, du verkar aningen disträ?"

"   Va, ja, jo, jag funderar en del på morgondagen då jag ska åka till vårt hus. Ska bli så spännande. Har du pratat med Sirpa?"

"   Ja, hon blev exalterad och väldigt glad att jag hörde av mig och ville dela detta med henne. Vi har ju två underbara barn tillsammans. Vi kan väl dela glädjen av att kunna vara på Kreta ibland. Ett sommarhus här är ju fantastiskt. Kanske kan hyra ut också. Stora planer och bara positivt."

Han var så glad och lycklig. Det smittade av sig på mig och vi reste oss för att gå och handla. Jag slängde en snabb blick bakåt men Johan hade lämnat och jag hade än en gång blivit lurad. Av samme man. Kände mig väldigt dum.

Vi inhandlade lite småsaker och köpte lite kaffebröd på bageriet. Vi skulle bli hämtade utanför Alpha Bank, så vi gick dit när vi var klara. Det dröjde en stund innan Manolis dök upp. Vi hoppade in i bilen och jag satte mig fram.

"   Kalimera, Alma, nice to meet you."

Jag svarade och vi åkte vidare. Kanske tog en kvart tills vi kom till hans hus. Utanför stod hans fru och barnen och välkomnade oss. Det var så fint och jag blev väldigt rörd. Manolis gav mig en stor kram. Tittade på mig länge.

"   I understand why Alex love you so much, you are beautiful."

Vi hälsade på Manolis fru och barn.

Väl inne i huset förstod jag vad Alex pratat om. Ett fantastiskt hem med otroligt vacker inredning. Spartanskt inrett med öppen lösning vardagsrum och köksdel. En köksö så stor så att familjen kunde inta sina måltider där i vardagen.

Vi slog oss ner vid det stora matbordet efter att vi hälsat på Manolis och Alex mamma, Seida, samt svärföräldrar. Även Seidas nuvarande man Georgos var närvarande. Alex och Manolis mor hade kramat mig först av alla och hon nästan grät av lycka. Hon skulle bara veta om min historiska bakgrund med Bergströms. Men det skulle jag inte tänka på nu.

Bordet var fullt med hemlagade smårätter och Manuella berättade vad det var och hur de var till-lagade. Det var mycket vegetariskt som låg mig varmt om hjärtat. Vi lät oss väl smaka. I början var det lite stelt men det släppte snabbt. De behandlade oss som en del av familjen. Med en älskvärdhet utan like.

Vi blev kvar ett par timmar och jag hann bekanta mig med Manuella. Vi bytte recept och mob.nr och sen for vi vidare med min svärmor och Georgos till deras lilla hus i Chania för en kopp kaffe.

Deras hus var precis som Alex berättat. Inklämt mellan två höghus mitt i stan. Som om tiden stod still just där. Vi blev bjudna på kaffe och nybakade *bullar. Jag visade foton på barnen, vårat hus och de vill också se Jens barn. Vi pratade om allt och ingenting. Det kändes som vi känt varandra hela livet. Plötsligt sa Seida att jag var lik någon hon hade känt men hon kunde inte komma på vem. Jag visste att det skulle komma för det var inte första gången jag hört det. Det var en Bergström som jag inte träffat men jag skulle ta reda på det nu, en gång för alla.*

"   Jag ska hyra bil imorgon för att åka ner till Livadia. Jens flyger ikväll. Kommer ni ner dit någonting."

Georgos svarade:

"   Ja, det tänkte vi men vi kan inte förrän onsdag eller torsdag. Vi har lite läkarbesök att klara av. Hur länge stannar du där?"

"   Jag tänkte nog stanna tre dagar eller en vecka. Jag har ingen retur och vill gärna se mig om. Vi kommer ner i sommar och ska börja renovera lite, om det behövs."

"   Toppen, då ses vi där."

Vi tog farväl och Jens fick några gåvor han skulle ta med sig hem. Det blev kramar och de önskade honom välkommen när han ville, med sin familj. De vill köra ner oss till hamnen men vi tackade nej, och valde att ta en promenad. Det är vackert att gå mellan smågatorna lite avsides från turist stråken.

Att nå hamnen tog inte lång tid. Där skildes våra vägar. Jens skulle ta det lugnt och packa för hans flygresa sent ikväll. Jag tog en sakta promenad genom Chania, köpte en glass och begav mig till hotellet.

Dagen hade gått fort och jag var trött av alla nya intryck.

Tog en dusch, lade mig på sängen och funderade på det som hänt dessa dagar. Johan som jag hade trånat så mycket efter utan att förstå det. En sådan åtrå, som om jag inte haft något kärleksliv sen vi sågs för drygt sju år sedan. Vadan detta vansinne.

Det gjorde ont i mig fortfarande men jag skulle nog komma till sans inom ett par dagar. Johans motorcykel som någon stulit fick ingen förklaring. Dagen hos Manolis med familj hade varit underbar. Ett sådant välkomnande hade jag aldrig upplevt. Kändes verkligen bra.

Nu måste jag fokusera på mitt. Imorgon skulle jag lämna hotellet, hämta bilen och inhandla det jag behövde för en vecka i byn och lämna Johan bakom mig. Det skulle bli en vecka av planering i huset och att försöka reda ut min anknytning till Bergströms. Jag vet att en del av dem finns här på Kreta. William var en av dem. Jag visste också att både jag och Alex hade ett visst släktskap långt bak i tiden. Och att det fanns en bakomliggande historia på Kreta som spelar en central roll.

Det var det jag skulle ta reda på i huset på höjden i Livadia. Äntligen, äntligen var jag på väg. Vände mig om i sängen och somnade.

Tisdag

Jag trodde ju inte att jag skulle somna igår kväll. Det där med Johan tärde lite på mig. Men det var fel. Somnade till slut som en stock och vaknade till liv nu. Tittade på mobilen, inga samtal och klockan var halv tio.

Har inte sovit så länge på morgonen sen innan barnen föddes.

Steg upp och tog en dusch, klädde mig och gick ut samtidigt som jag ringde till biluthyrningen eftersom jag var försenad. De hade inga problem med det. Jag tog en fika i handen och gick för att hämta bilen. Det var bara ett kvarter bort. Slängde kaffemuggen i en papperskorg. Passerade ett av de många kaféer utan att se mig om och blev stoppad av Jens.

"   Men Jens, skulle du inte åkt hem igår. Hur kunde jag förstå så fel."

"   Jo, det var så men jag lyckades boka om för jag har något jag måste ordna. Jag berättar senare.Ska vi ta en frukost på Remezzo?"

"   Okoy, Jag skulle hämta bilen, men. Kan hämta senare. När det var gjort gick vi ner till Remezzo. Vi slog oss ner lite i skuggan mitt i lokalen.

Jens hade som jag, inte ätit frukost så vi beställde en ordentlig brunch.

Vi satt säkert i över en timme och bara åt och pratade. Han var väldigt trevlig att prata med. Han berättade om hur hans barndom varit. Vi hade levt på samma ställe, i samma hus, på Kreta men under olika tider. Vi hade båda blivit missförstådda av pappa Elliot för att William hade berättat lögner för sin far. William hade inte behandlat honom bättre än han behandlat mig. Det var tjuvnyp och orättvisa anklagelser utifrån vad William sade till pappa när han kom hem från arbetet. Jens hade kommit till Sverige med sin mamma och det var nog tur.

Jens berättade hur han och hans mamma smitit när Elliot var borta över dagen. Det var ungefär på samma sätt som jag och mamma gjorde.

" Jens, vad heter din mamma och var finns hon nu?"

" Min mamma heter Anita, hon är underbar. Hon är omgift med Simon som är en toppenkille. De har två barn tillsammans Maria och Bertil. De är tjugo och tjugotvå år. Vi är syskon på riktigt. Vi umgås mycket. Jag tillbringar mycket tid hos min mor när jag har barnen. De trivs så bra där. De bor i ett hus i Enskede. Men hur är det med dig och allt som hänt runt dig och Alex. Jag såg på mobilen att Krim-Per inte hade skött sig. Har han gjort intrång på privat mark och blivit tagen på bar gärning? Var det hos er, eller?"

"   Nej, lyckligtvis inte, men Alex fick en chock. Jag fick veta det lite senare än Alex. Jag blev förtvivlad. Han var ju som en klippa för oss och nu har vi en ny på hans plats. Men det är okey. Det har varit lugnt länge men precis innan jag skulle åka upptäckte jag att någon varit på SPA som inte skulle vara där och förmodligen är det någon kund. Väldigt obehagligt. Alex lovade att han skulle se över schemat och prata med alla som hyr. Han har inte meddelat mig något resultat. Jag kan inte göra något åt det nu."

Jens tyckte det var sorgligt. Vi lämnade Remezzo och Jens gick till hotellet för en kort vila och sen skulle han träffa en kompis.

Jag gick till bil-uthyraren samtidigt som jag funderade varför Jens valt att stanna två dagar extra på Kreta.

Hyrbilen var en vit liten Kia, alldeles lagom.

Körde till hotellet och hämtade min packning som jag lämnat i foajén. Körde ut ur Chania den gamla vägen genom turistorterna där jag skulle göra ett stopp i Kissamos för att handla. Jag njöt av detta. Kände en lycka utan gränser där jag for fram med min lilla bil. Sista biten var det motorväg och jag var framme i Kissamos. Körde ner till hamnen och Tog en slät kopp kaffe. Tårarna rann efter mina kinder. Tur att jag bar solglasögon. Det kändes som att jag var hemma. Vilken känsla.

Jag satt där i nästan två timmar. Tog en kaffe till och lite glass. Pratade lite med ägaren som var väldigt trevlig.

Mitt nästa mål blev Sklavenitis, en stor supermarket. Inhandlade diverse för ett par dagar. vecka och for vidare. Tog vägen mot Elafonissi. Alex sa att den är kortare än kustvägen. Det var fantastiskt vilket landskap. Olivträden tog överhand men där fanns också mandelträd, barrträd och blommor efter vägen.

Trädgårdar var fulla med bougainvillea och stora pelargoner. Fantastiskt.

Det tog mig drygt en timme att komma fram. Hade inte svårt att hitta. Körde in i olivlunden, klev ur bilen och började gråta igen. Men alltså, måste skärpa mig. Är detta Alex fina hus och där vi ska ha vår verksamhet. Kanske till och med bo i framtiden. Jag gick runt och tog på alla olivträd där blommorna började släppa och små oliver började kämpa för överlevnad. Stannade längst ut med utsikt över havet och blev stående en lång stund och bara andades. Tänkte på Johan och att det jag gjort var så fel. Det är här jag hör hemma, med min älskade Alex och våra fina barn. Ångrade mycket det som hänt och undrade hur jag skulle hantera det. Skulle det förbli en hemlighet. Eller skulle jag fundera över om Johan skulle dyka upp och berätta för sitt eget välbefinnande.

Stängde av de tankarna och gick upp mot huset. Letade efter nyckeln som låg där Alex lagt den.

Öppnade dörren och blev helt stum av insidan. Slog mig ner i den omtalade kökssoffan. Tittade ut genom dörren, så vackert. Havet syntes mellan olivträden. Såg mig omkring i köket. Nytt men gjort med sådan finess att känslan av genuint kvarstått. Tog mig samman och satte på kylskåpet, hämtade all packning.

Mobilen surrade mot bordskivan. Alex.

"	Hej, min älskade Alex, nu är jag hemma."

"	Hej, min älskade Alma, visst är det fint?"

"	Obeskrivligt, Alex. Det stämmer med din beskrivning fast det är mycket bättre. Har gått runt i olivlunden och tittat på alla oliverna som är som stora knappnålshuvuden. Fällde en tår för det är så fantastiskt. Din Farbror visste vad han gjorde då han överlät detta till dig och oss. Vi kommer att vårda detta med omsorg, eller hur?"

"	Ja, vi ska var tacksamma som får den här chansen."

"	Hur är det med barnen?"

"	Bra. De är i skolan. Matheus har stukat foten lite när han spelade fotboll igår men han haltar iväg till skolan. Vi var hos läkaren och det fungerar att han rör på foten, men han ska vara försiktig. Irma är hemma idag för hon är förkyld, lite feber. Hon sover nu men vi kan ringa till dig när hon vaknar. Men vad har hänt i Chania? Har inte hört mycket av dig."

Jag fick hjärtklappning och blev alldeles svettig.

"	Har en del att berätta. När jag kom ner så möttes jag av William och Jens."

"	Vad i allsin dagar, hade ni bestämt träff?"

"	Jag visste att de var där. Ville först försäkra mig om att det var något viktigt som hade med vår far att göra. Och Jens var ju där. Då kändes det tryggt. Vi har ärvt, tro det eller ej, varsin liten tomt i Chania. Ville inte säga så mycket innan jag visste om det var sant. Det är en liten tomt som man kan bygga på då det finns en husruin där redan. Det sägs att det är lättare då att få bygga något litet. Tomten ligger lite utanför Chania med bussförbindelser in till Chania. Du tar dig dit på en halvtimme. Helt otroligt, eller hur?"

" Är det sant, men hur var det att träffa William?"

" William och Jens skjutsade mig till hotellet, det var sent på kvällen. Vi bestämde att ses dagen efter. William skulle kontakta oss.

Vi träffades till lunch dagen därpå och åt lunch tillsammans på Kouizina EPE och åkte sen och tittade på tomterna. William var väldigt fåordig. Gav oss tre dokument och körde oss till respektive tomt. Vi valde de två vi var intresserade av. Sen avvek han och skickade sms till Jens att vi skulle vara hos advokaten en viss tid. William deklarerade att han fått nog av oss och hade utfört sitt uppdrag. Punkt, slut.

Vi gick till advokaten. Naturligtvis din käre bror Manolis. Ordnade allt och dagen efter var vi på middag hos Manolis med fru och barn samt träffade din mor. De är väldigt trevliga och gästvänliga. tycker jag. Vi tog en promenad till hennes hennes och Georgos lilla hus. Det var så konstigt hur det låg som ett semesterhus emellan två höghus, mitt i stan. Där blev vi bjudna på kaffe och Baklava, hemmagjord,bl.a. Supergott men ack så sött. Så trevligt."

"   Vad ska du gör nu?"

"   Jag ska bara njuta, gå runt och titta noga överallt och fotografera inne och ute. Kanske åker och badar på eftermiddagen. Om ett par dagar kommer Seida och Georgos. Det ska bli så härligt. Jens åker förmodligen hem imorgon. Jag känner lugnet lägga sig här. Så underbart."

"   Håller med. Ha det så bra Alma så hörs vi snart. Puss o Kram.

Där avslutades samtalet och jag kände tystnaden lägga sig. Endast fåglarnas kvitter hördes och lugnet infann sig. Jag gjorde iordning lite att äta och ställde ut en stol och ett litet bord jag hittade. Slog mig ner och njöt av min grekiska sallad i rätt miljö.

Dagen förflöt i sakta mak. Jag gick runt och inspekterade förrådet med trädgårdsmöbler, tavlor och skräpbod. Tre rum som kunde rustas och göras om till trebäddsrum. Fanns väldigt mycket som skulle kunna användas. Det tog mig restan av dagen att gå igenom allt och jag beslöt mig för att ta ett dopp i Stomio. Alex hade berättat att det var fantastiskt hav.

Sagt och gjort. Kokade en kaffe och fyllde termosen jag köpt på vägen. Det var liksom bara att rulla ner för backen så var jag framme. Stannade strax intill bron där det redan stod en bil. Tog med kaffet och ställde på en klippa och gick i det turkosblåa svala havet. Det var en stenig *strand och man måste vara försiktig för att inte halka. Jag hade köpt badskor som Alex rekommenderat. Så friskt och skönt. Det var sandbotten en bit in i havet. En person var det på stranden. En kvinna som gick och plockade kanske stenar eller snäckor. Jag simmade lite men låg mest på rygg och njöt. Det var en härlig bris och knappt några vågor. Tog mig upp och satte mig på min handduk och drack mitt kaffe. Var detta min verklighet. Som en dröm.*

Kvinnan kom fram till mig och undrade på bra engelska om jag bodde i närheten.

Hon presenterade sig som Annie. Jag berättade vem jag var och var jag bodde och då blev hon väldigt exalterad.

"   Your are Alexis wife?"

Vi stod och pratade en stund, om våra barn m.m.

Annie for iväg medan jag stannade och drack upp mitt kaffe. Så vackert och att vara alldeles själv kändes väldigt bra.

Dröjde mig kvar säkert en timme till innan jag gav mig av. Väl hemma lagade jag lite mat och vilade på kökssoffan med öppen dörr med utsikt mot havet. Jag somnade och vaknade av att någon knackade på dörren.

Det var Annie. Hon bad om ursäkt om hon väckte mig men hon hade inte sett mig från dörren.

"   Hej Annie, kom in. Det var så skönt att ligga kvar på soffan och titta ut över havet."

Ska vi ta en öl, ute?"

Hon tackade ja och vi tog ut en stol till och satte oss ute och började lära känna varandra. Hon var längre än mig och hade väldigt långt hår. Hon var uppriktigt blond. Smal som en sticka och i min ålder, kanske lite yngre. Hon sysslade också med olika aktiviteter som yoga, massage och qigong m.m. Vi fann varandra ganska snabbt. Hon hade träffat Christos för ett antal år sedan och han hade också ärvt ett hus efter en släkting. Vi pratade om allt möjligt och upptäckte att vi hade en hel del gemensamt. Hon avvek efter drygt en timme och jag njöt av solen som sakta letade sig ner i horisonten. Det blev inget gjort förrän jag gick in efter solnedgången.

In i rummet som Alex sovit i för att fixa sängen. Blev överraskad av katten som hoppade ner från sängen och smet iväg genom bakdörren. Det var den som Alex berättat om. Jag bäddade och tog hand om tvätten som Alex lämnat. Funderade över om jag skulle fråga Annie om jag kunde köra en maskin innan jag åkte.

Gick upp på övervåningen och blev djupt imponerad. Det var exakt så som Alex hade beskrivit och visat med sina fotografierna.

Jag öppnade alla skåp och lådor som fanns. Lyfte på sofflock, insöp varje centimeter av denna övervåning. Tavlorna som hängde på väggen. De flesta signerade av Manolis Bofakis. Så vackra och inspirerande. Jag kände mig trött och gick ner och tog en smörgås och en kopp te´.

Duschade snabbt eftersom vattnet var något kallt, tog fram min pyjamas jag skulle lämna här. I mitt hem på Kreta. Lade mig i sängen. Det tog inte så lång tid innan jag fick sällskap av katten som placerade sig vid mina fötter. Bestämde mig för att hon skulle få ett namn imorgon.

Onsdag

Vaknade av att mobilen surrade och ramlade ner på golvet. Den var så smal och lätta att falla ur om man tänkte sig för. Katten for iväg som ett spjut. Tittade inte vem det var som ringde.

" Hallå, Bergström, för det är väl du Alma?"
Men gud så obehagligt.

" Vem är det som frågar?"

" Menar du att du inte känner igen mig? Det anser jag var lite oförskämt. Fundera en lite stund till."

Jag försökte att fokusera men hjärtat slog just nu dubbla slag. Vad var detta för person, hur hade hen mitt mobilnummer. Kunde inte riktigt förstå om det var en man eller kvinna. Lite djupt röstläge. Hur jag än funderade så kunde jag inte identifiera rösten.

" Nej, jag kan inte komma på vem du är."

" Det var ju sorgligt, Jag kommer och hälsar på om en stund. Var inte orolig, jag är inte farlig men vi har viss historia tillsammans och jag tänkte vi skulle ses. Det är några år sedan. Hoppas det går bra?"

"Ja det går bra. Ge mig lite tid att klä mig och ta en kopp kaffe."

Hen lade på och jag visste inte riktigt vad jag skulle göra. Tittade på mobilen. Halvnio.

Ringde till Annie och hon hade varit uppe en timme redan. Förklarade för henne vad som stod på och undrade om jag kunde ringa till henne om jag kände mig hotad eller något ditåt. Hon sa att det gick bra.

Jag hade precis avslutat mitt kaffe och klätt mig när det knackade på dörren. Jag öppnade dörren med viss fördröjning och de mörkbruna ögonen o den långa hästsvansen var inte att ta miste på.

"   Christos, Vad i allsin dagar står på, hur vet du att jag är här, av alla ställen."

"   Ja, det är ett konstigt sammanträffande men Annie råkar vara min sambo."

Trodde jag skulle ramla av stolen. Jag visste inte vad jag skulle säga.

Christos var min kusin på Bergströmska sidan. Vi hade inte setts sen före den tragiska händelsen med Sofia. De hade haft ett förhållande innan Sofia erkände sin läggning och började `uppvakta` mig.

Jag visste att Christos var tredje kusin till Sofia och mig. Men relationer mellan kusiner var inget straffbart. Christos var uppvuxen i Holland men också i Grekland. Hans mamma var grekinna.

Vi pratade i över en timme och till slut kom Annie över med ett småleende på läpparna

"   Jag blev så full i skratt och hade svårt att hålla mig när du ringde."

Vi skrattade åt sammanträffandet och nu skulle vi hjälpas åt med den där eländiga Bergströms släkten. Vi skulle tillsammans lösa det. Jag var fortfarande chockad över denna sammankomst men den gladde mig mycket. Efter en stund kom deras barn över och jag bjöd de på lite frukt och vi hade så trevligt. De bjöd in mig på middag framåt kvällen för nu skulle de åka och bada med barnen. Toppen tyckte jag, som kunde ägna mig åt planering, gå igenom förråd m.m.

Hela dagen gick åt för att se det som Alex redan sett och jag skrev ner lite detaljer och ringde till Alex.

"   Hej Alma, saknar dig."

"   Hej Alex, jag saknar dig med,"

Det gjorde jag faktiskt, väldigt mycket. Rodnade för mig själv när jag tänkte på vad som hänt i Chania. Johan, hur kunde jag vara sån idiot. Äventyra mitt äktenskap med denne underbare man jag var gift med. Det måste aldrig komma fram, eller så blir jag tvungen att berätta. Jag rös av tanken. Var så upptagen av mina egna tankar att jag inte hörde vad Alex sa.

"   Alex, förlåt, vad sa du?"

"   Jo, jag undrar vad du tycker om huset med omgivning."

"   Alex, det är underbart. Jag ska gå igenom förråden ordentligt idag för att se hur vi kan restaurera. Ska fota, mäta och planera. Se hur många gästrum rum vi kan ordna. Hur har ni det?"

"	Vi har det bra, din mor mår bra och det händer inte så mycket här just nu. Vi kan väl höras ikväll.?"
"	Ja, Alex det gör vi."
Samtalet tog slut och jag lämnade köksbordet som det var och gick ut för att se intill-liggande hus som var en lada.
Öppnade upp all fyra förråd. Det var som Alex sagt, ett rum med tavlor, ett med utemöbler, ett var rent förråd och ett som var som ett rum för en person. Det var väldig o-ordning i alla men med en närmare överblick så skulle färg, rengöring och lite omtanke räcka för att det skulle fungera. Alla rummen skulle gott och väl kunna fungera som gästrum.
Då var det bara ett problem, WC och Dusch för dessa rum. Antecknade.
Väl inne i huset dukade jag av och diskade och lade mina anteckningar på bordet. Gick upp och satte mig på den vackra stolen och försökte att få något grepp om hur vi skulle göra om lite så vi kunde starta rörelse. Det fanns även kontanter i arvet. Vi behövde övervåningen för oss men om barnen inte var där så kunde det användas till verksamheten. Jag gick ner till rummet vid köket där jag sovit. Katten låg och sov på sängen. Såg mig omkring och drog ifrån en gardin som hängde strax bakom dörren till köket. Det var en dörr bakom. Öppnade den och där var ytterligare ett rum, ganska stort. Hur hade Alex missat det. Tände belysningen och fann att det var relativt

215

*stort. Drog ifrån två gardiner och fann att det fanns
två fönster som var förspikade. Därför hade ingen
sett det utifrån. Om man inte visste så tänkte man
inte på det. Det betydde att vi alla i familjen kunde
bo nere. WC med dusch här och ett WC med
dusch ute i anslutning till ladan. Dessutom vårt
nuvarande lilla WC/dusch rum som skulle vara
enkom för oss i familjen*

*Det lät som en bil och jag gick ut. Det var Seida
och Georgios. Herregud, det var redan efter-
middag.*

*Jag mötte upp och hjälpte dem in med deras
kassar i lilla stenhuset. Det var väldigt fint i den
stugan. Vi pratade en stund och sen gick vi till
Annie o Christos där vi var bjudna på middag.
Kvällen avlöpte med väldigt god mat och och vi
pratade ända in på småtimmarna.*

Det var inte svårt att somna den kvällen.

Torsdag

Huvudvärken var påträngande. Jag var inte van vid mycket vin och det hade det blivit.

Satte på kaffe och kom på att jag inte ringt till Alex igår kväll.

Min mobil surrade i sovrummet."

" Alex, jag glömde ringa igår kväll, jag var...."

" Hallå, det är jag, Christos hur mår du bakfull eller ?"

" Oj, nja, inte bakfull men huvudvärk och nyvaken.."

" Jag har hittat lite upplysningar om Bergströms som jag tänkte att vi kunde titta på. Har du lust med det. ?"

Jag tog ner en mugg och hällde upp kaffe.

" Ja, det blir bra. Senare ska jag umgås lite med min svärmor och Georgos.

Christos anlände ganska snabbt och vi började att titta på datorn. Han hade släktforskat lite och hade lite uppgifter som han ville dela. Jag hällde upp en kaffe åt honom.

Han visade mig Bergströms släktskap med min mor och Alexi´s pappa och läste upp för mig:

" Alex farfar far hade träffat Almas mormors mor och de blev kära. Det hände i Grekland i slutet av 1800-talet. Alex familj var ju greker i generationer på Kreta men Bergströms var arkeologer. Därför är det som det är. Din mormors mor, Alma växte

sedermera upp i Sverige. Alexi´s farfars far växte upp på Kreta men vad jag kan se så hamnade han i Sverige där Alex farfar växte upp. Men vad är det då som är så speciellt med Bergströms och vad har vi med det att göra nu.

De har lämnat efter sig handlingar som är gömda någonstans där Bofakis eller Bergströms finns. Av någon anledning har de antastat er då Bergströms bott i Medåker för längesedan. Kort sagt; När ni köpte huset så trodde de att det var av en anledning. Att det finns bevis för tomter som de köpt eller stulit på Kreta.   Det står här i mina dokument   att de stal tomter som då, på farfars fars tid, ingen visste vems det var var. Han tog reda på var de låg men ingen märkte att att tomterna inte var hans. Han var en uppsatt man så det var ingen som misstänkte att han hade gjort sig en förmögenhet på stulna tomter.

Och det finns fortfarande i vår släkt som är kriminella. Stefan(Peter) och Tomas är bara ett exempel. Det är vad jag kan se av detta."

"	Så du menar att vi bor i ett hus som Bergströms köpt för länge sedan.?"

"	Ja, vad ska jag säga."

"	Men Varför satte någon Claes på att leta igenom huset och avlyssna? Varför håller Stefan (Peter) på att köra ihjäl oss och Tomas att vara som han är. Bråkar med Viola."

Det kunde han inte svara på, men han skickade detaljerna till min mail. så jag kunde läsa och så gick han hem till sitt.

*Jag satt som fastklistrad på stolen och undrade
över vad för roll Krim-Per spelade. Jag måste på
något sätt ta reda på detta nu när jag är här.*

"   Alma,"

*Någon ropade, jag vände mig om och det var
Seida. Hon vinkade åt mig att komma över.*

*"   Vi ska åka och bada och undrar om du vill följa
med och bada så är du mer än välkommen. "*

*"   Tack gärna, hämtar baddräkt, stänger och
kommer."*

*Sagt och gjort och det var fantastiskt i Elafonissi.
Precis som Alex beskrivit. Vi stannade till lunch.*

*Vi gjorde utflykt till Sfinari. En mindre strand med
några tavernor. Vi åt färsk fisk och olika smårätter.*

*Vi tillbringade resten av dagen tillsammans och
kom hem strax innan solnedgången.*

*Jag gick in till mig och tog en dusch. Förråden/
ladan, fick vänta till morgondagen.*

*Hällde upp ett glas vin, väl avkylt. Slog mig ner i
dörröppningen och tittade ut över olivlunden. Så
vackert och rogivande. Funderade på morgonens
samtal. Vad var meningen, varför hade vi drabbats
så mycket. Ringde upp Alex.*

*" Alex, vet du. I vårt hus har det bott Bergströms
för sådär hundra år sedan. Knappt att jag kan tro
det. Behöver din hjälp. Jag skickar en länk jag fått
av grannen Christos. Du känner honom, han är
en Bergström."*

"   Va, skojar du, eller?"

*"   Nej, faktum inte. Skulle du vilja leta lite
angående vårt hus lite längre bak i tiden. "*

"   Ja, det kan jag göra. Har inte så mycket jobb just nu. Lite fotografering och sen biblioteket. Det blir spännande. Jag ska se vad jag kan göra."
"   Toppen. kan du se vad Krim-Per spelar för roll?"
" Det ska jag göra. Alma, vi ringer vid läggdags, ungarna vill prata med dig. De saknar dig, precis som jag gör."
"   Ja, underbart, då hörs vi sen, Kram."
Jag fyllde på mitt vinglas och satt kvar ute fast mörkret lagt sig.
Det var så mycket att hålla reda på. Tänkte på smycket som Sofia, Irini och jag hade gemensamt. Det som Alex hade hittat två delar. Visste han att jag hade det tredje. Det tror jag inte.
Varför hade vi ett sådant. Jag hade fått mitt av min mor. Hon visste inte var hon hade fått det ifrån. Hon hittade det när hon flyttade till Medåker. Hade legat i en låda som hon hade haft med sig från Kreta. Mobilen surrade.
"   Hej, mamma , vi längtar efter dig."
Tårarna började rinna nerför mina kinder. Det gjorde ont i bröstet. Hade varit väldigt självupptagen de sista dagarna.
"   Hej Älskade ungar, hur mår ni?"
Vi såg varandra på messenger. Mina fina barn.
"   Vi mår bra, mamma, sa Irma. När kommer du hem?"
"   Jag ska inte stanna så länge, ett par dagar till bara. Något jag ska köpa med mig till er?"

Irma bad mig köpa en väska som det stod Kreta på och Matheus ville ha en tröja med något grekiskt tryck.

De berättade om skolan och att de snart skulle ha avslutning. Jag lovade att jag skulle vara hemma då. Jag gick in och visade dem lite av köket och rummet där jag sov. Katten låg på sängen och sov.

"	Mamma har du en katt där?"

"	Ja, det är en katt som kommer hit när vi är här. Eller hur, Alex? Annars bor den hos grannen. Jag skulle ge den ett namn men hon har nog redan det. Ska fråga Annie sedan.

"	Nu ska vi lägga oss, Alma."

Det blev slängpussar i massor och samtalet var slut.

Började gråta hejdlöst. Saknaden efter barnen var så påtaglig att det gjorde ont.

Gick och lade mig på sängen. Katten hade vant sig och låg kvar, Precis vad jag behövde just nu. Maten jag lagt upp i skålen var uppäten. Hon lade sig på min mage och kurrade. Jag somnade omgående men vaknade av något. Tittade på mobilen. Halv fyra. Vad hade väckt mig. Hällde upp ett glas vatten ur kannan vid sängen. Hörde något utanför. Steg upp utan att tända och tittade försiktigt ut genom fönstret i köket. Såg en bil men ingen människa. Höll mobilen stadigt i min hand. Något rörde sig därute och efter en stund såg jag vem det var när jag tände utebelysningen.

"	Viola, vad smyger du omkring här för?"

Hon stannade tvärt och tittade på mig som att hon såg ett spöke.

"   Va, Alma, vad gör du här då?"

"   Men Viola, det är vårat hus och jag är här för att se hur vi kan restaurera för vår verksamhet. Du höll på att skrämma ihjäl mig."

"   jag ville bara komma undan lite. Det är en som är efter mig och jag tror att jag blev av med honom. Det har varit mycket nu sista tiden. Därför körde jag hit för att sova i lilla huset. Jag hade ingen aning om att någon var här. Jag såg ingen bil på tomten."

"   Den står på den andra sidan och den syns inte från vägen man kommer in. Vill du sova här kanske för Seida är i lilla huset och sover förmodligen.

"   Ja, det skulle vara bra, så jag inte skrämmer dom."

Vi gick in och jag bäddade soffan i köket. Gick till sängs och somnade nästan direkt.

FREDAG

Försökte öppna ögonen men det var svårt. Jag var trött. Solen hade inte letat sig in och det var jobbigt att kliva ur sängen.

Mobilen visade på tio men jag tyckte att det var omöjligt. På med kaffet, in på toa, låste upp dörren och släppte in lite luft. Katten var som bortblåst, likaså Viola. Soffan var tom.

Drack kaffe på stående fot och tittade ut. I olivlunden stod bilen, jag hade alltså inte drömt.

Seida var ute och pysslade med sina blommor tillsammans med Viola. Hon vinkade till mig. Jag tog min kopp och gick dit. Vi satte oss på bänken som stod precis vid väggen. Den hade Georgos snickrat ihop. Seida hämtade sitt kaffe och Viola gjorde oss sällskap. Seida berättade om Irini som dött på planet, om Alex när han var liten.

Hon berättade om hur hon blivit behandlad av Andreas, och var tvungen att fly. Georgos hade hjälpt henne. Då var de inte ett par. Det hade växt fram.

" Det var hemskt att lämna Alex men fortfarande är hans far hatisk mot mig. Och nu har han precis

skrivit under skilsmässopappren så vi kan gifta oss. Efter alla dessa år.

Och sen blev min syster Eloni mördad och jag vet inte än idag vem som gjorde det, och varför. Hon bodde i Sverige mycket och tog foton på Alex när han gick i skolan. Och hon gav små meddelanden till Matheus på lekplatsen. Hon sa att Matheus såg lite rädd ut när hon lämnade över breven. Han sprang därifrån till Alex och lämnade av det som att det brände i fingrarna på honom, sa hon. Hon visade sig aldrig för Alex. Vi var ju rädda på riktigt. Jag kom ihåg det. Alex hade fått ett par brev från henne. Jag hade inte sett alla."

Georgos kom ut till oss med kaffe och några ostsmörgåsar. Smakade bra.

Viola tog till orda.

"Godmorgon. Det är så skönt att vara här. Roligt att du är här, Alma. Jag kom till Chania för ca en vecka sedan. Bokade en sista minuten för jag vill komma undan Tomas. Han är så ettrig. Nu har han haft något förhållande med Sirpa. Alex gamla kompis. Alex har, tillsammans med Jens, varnat henne för Tomas. Men hon är blind, som jag. Tomas är så charmig och trevlig, artig kille men det ändras med tiden och han blir kontrollerande och rent av farlig. Vi var ju förlovade, Alma, vet du det?"

"   Jag tror att Alex nämnde det."

Viola fortsatte att berätta om Tomas som verkade väldigt manipulerande. Därför kom hon igår natt. Hon hade träffat Tomas på stan. Hon trodde att han var i Sverige. Han nästan tvingade henne att följa med hem till hans rum han hyrt. De hade ätit på en restaurang i närheten och där hade hon sett till att han drack mycket. Hon lyckades få honom ordentligt berusad. Hon följde med upp på rummet där han somnade nästan omgående. Hon passade på att avvika.

Min mobil surrade i fickan.

"   Godmorgon Alex, jag sitter ute hos din mor och Georgos och fikar. Viola är med oss också."

"   Godmorgon älskling, jag skulle gärna vilja vara där med er just nu. Visste inte att Viola var där. Vi mår bra, barnen är i skolan men Johan ringde (trodde mitt hjärta skulle stanna) och sa att Tomas är allvarligt sjuk. Han hittades på hotellrummet imorse. Han är nu på sjukhuset i Chania. De ringde från hotellet till Johan och han ringde mig. Det var liksom enklast."

"   Vad säger du, Alex. Och vad är orsaken?"

Svärmor, Georgos och Viola iakttog mig med frågande blickar.

"   Det har inte framkommit än. Men de vill gärna ha kontakt med Viola. De sa på hotellet att en kvinna varit i hans bostad kvällen innan. Beskrivningen tyder på att det är Viola. Säg till henne att ringa Johan."

Fick ett sms med Johans mob.nr.

"   Viola, lyssna nu riktigt noga."

Hon stirrade på mig.

"   Du måste ringa till Johan, reseledare. Alex har gett mig Johans mob.nummer. Tomas är medvetslös på sjukhuset i Chania.
Viola reste sig upp i samma ögonblick och började storgråta. Hon skakade i hela kroppen för att sen bara ramla ihop. Vi hjälptes åt att lägga henne på rygg, lägga upp fötterna på en stol och efter en stund var hon tillbaka.
"   Viola, Är du okey? Kan du sätta dig upp."
Seida hade gett henne lite apelsinjuice och hon satte sig upp försiktigt. Hon var gråblek i ansiktet.
"   Jag är okey men vad har hänt? "
Det vet de inte än så länge. Jag tycker att du ringer nu till Johan, när vi är med dig."
Hon följde mitt råd, gick in för att hämta sin mobil sedan och gick undan lite och ringde.
Vi satt alldeles tysta.
Seida samlade ihop det som stod på lilla bordet och gick in i köket.
Det tog väldigt lång tid det där samtalet så vi reste oss och letade efter Viola. Vart hade hon gått. Vi hade inte hört samtalet men när vi gick bakom stora huset så var bilen borta. Hon hade kört iväg utan att vi hörde något. Jag tänkte att hon åkt iväg i all hast men innan hon ringde så hade hon gått in i svärmors hus för att hämta mobilen. Då hade hon nog packat ihop. Hon gick ju förbi oss för att ringa, endast iklädd ett långt nattlinne. Hon måste ha slängt ut väskan på baksidan av lilla huset, där bilen stod. Så där stod vi som frågetecken och undrade. Seida ringde upp Viola men mobilen var

avstängd. Förmodligen hade hon inte ringt till Johan utan åkte direkt till sjukhuset.
Vi satt tysta en lång stund tills min mobil surrade. Jag avskydde att ha ljudet på.
"   Alex, Viola har åkt."
"   Va? men hur gick det till?"
Jag förklarade i korta drag.   Alex var tyst ganska länge innan han tog till orda.
"   Alma, jag vet inte vad jag ska tro. Tomas är en idiot. Men har han slagit sig så illa eller?
"   Jag vet inte, Alex. Viola åkte iväg direkt, vi vet ingenting."
"   Alma, ring Johan, han ringde till mig. Han vet säkert mer,."
Höll på att sätta i halsen
"   Han kan säkert berätta vad som hänt.   Jag skickar sms med hans mobil.nr."
Hjälp, hur skulle jag göra. Jag ville verkligen inte ringa till Johan. Skulle fundera lite innan jag beslutade vad jag skulle göra.
Jag gick hem till mitt. Tog en promenad i min olivlund. Bara tanken på att det var mina/våra olivträd var underbart. Och mellan träden såg man havet som var skimrade i turkost och blått i olika nyanser.
Jag drog mig hemåt och funderade om jag skulle ringa till Johan. Var jag verkligen intresserad av om Tomas var sjuk eller var Viola tagit vägen. Väl hemma bestämde jag att det var inget som egentligen engagerade mig. Jag skulle förmodligen få veta ändå förr eller senare.   Nu

bestämde jag mig för att boka resa hem men först måste jag äta. Öppnade kylen och det var mer än halvfullt.

Ropade på Seida som var i trädgården.

"	Seida, jag bjuder på lunch senare."

"	Tack, vi kommer."

Jag bokade min resa. Söndag morgon, och det kändes väldigt bra.

Satt utanför på baksidan och tittade upp mot bergen. Detta var så fantastiskt. Med havet på framsidan huset och berget på baksidan. Jag såg några getter som gick omkring högt upp på bergstopparna som är ca 700 meter över havet.

Jag tog ut det mesta ur kylen och kokade ihop en wok-rätt och förberedde en sallad. Lite tidigt för lunch.

Jag gick runt bland olivträden när Georgos gjorde mig sällskap. Han visade mig viss gröda på marken som kunde kokas och ätas. Det var det som heter `xorta`. Han berättade lite om oliverna och var man kunde pressa till olja. Vi gick runt tillsammans och han är en underbar människa.

Jag gick in till mig och gjorde färdigt och dukade bordet.

Lunchen smakade bra och vi fortsatte vårt prat från morgonen. Seida hade fått veta att Tomas hade drabbats av alkoholförgiftning enligt läkaren. De skulle ha honom på observation några dagar. Vi tog en fika ute efter lunch och Seida följde med mig till förråden. Fotade igen och memorerade.

Låste och sen tömde jag kylen och gick in till svärmor med det.

Hon och Georgos tyckte det var trist att jag skulle åka. Jag gick över en stund till Annie och Christos. Vi skulle hålla kontakt och på varsitt håll försöka lösa problemet med Bergströms.

När allt var klart och dörrar låsta så kom Seida över med en burk med inlagda oliver att ta med hem. Underbart. Med sorg startade jag bilen och körde iväg mot Chania. Denna underbara väg som gick genom ravinen från Stomio och upp i bergen. Förbi Elos som var en liten by med många kastanjeträd. Vägar som var breda på sina ställen och så smala i byarna att man måste vara försiktig när man körde in. En smal handbyggd tunnel, fyra meter bred och hundra meter lång.Bygget började 1920(enl. Lokalbefolkningen) under Venizelos styre.   Fantastisk bilfärd. Jag gjorde ett stopp i Kissamos och drack en kaffe i hamnen.

Körde sen vidare direkt till mitt hotell där jag tömde bilen och sen lämnade jag in den till biluthyrningen. Promenerade till hotellet, lade mig på sängen och somnade.

Mobilen hade surrat ett par gånger innan jag kom till sans och förstod vad det var som lät. Såg att Alex ringt nästan tio gånger.

"   Alex, jag sov så djupt, har det hänt något?"

"   Ja, det kan man påstå, Viola har kört av vägen på Kreta och ligger på sjukhuset i Chania. Kontakta Johan. Mer vet jag inte. Kan du åka dit?"

"   Jamen, varför rings det till dig?   Hör av mig sen."

Alex hade lagt på innan jag hade pratat färdigt.

Det betyder att både Tomas och Viola befinner sig på sjukhuset i Chania. Trodde jag skulle bli galen.

Jag gjorde mig iordning medan jag tänkte på Johan. Hur skulle jag kunna ringa till honom.

Kände mig totalt förvirrad. Vart skulle jag vända mig nu. Men samtidigt så tänkte jag att jag var inte ansvarig för Viola. Men jag måste väl hjälpa Alex. Johan svarade efter att jag ringt två gånger.

"   Johan, har bara en fråga. Vet du vad som hänt Viola?"

"   Ja, men varför vill du veta det? Du skulle ju höra av dig men stack bara iväg helt plötsligt. Ditt nummer var blockerat."

Jag fnissade lite för mig själv. Den jäkla idioten.

"   Alex har bett mig ta reda på om du vet något om Tomas för jag var i Livadia i huset och Viola stack bara iväg så fort hon hört att Tomas var sjuk.

"   Ja, han har druckit sig sjuk. Det är polisen som gjort fel. Det är William som dött. Är det någon du känner?"

"   Vänta nu, Johan, skämtar du?   Hur har William dött då?   Han är min halvbror. Och Alex ringde och sa att Viola har åkt av vägen någonstans mellan Livadia och Chania."

Jag skakade i hela kroppen. William, vem ville ta livet av honom.

"   Men nu hänger jag inte med. William har blivit mördad av Tomas, förmodligen. Viola vet jag inget om. Trodde hon var i Sverige. Och varför har du blockerat mig på din mobil?"

"   Du kanske ska fråga din nya älskarinna om det?

Det blev väldigt tyst innan Johan kontrade med att avsluta samtalet. Det var skönt på något vis.

William död, Tomas mördare. Funderade också på Eloni som mördades och ingen visste av vem. Tänkte också på Krim-Per som hade blivit avstängd från sin plats inom polisen. Vad spelade han för roll. Galet.

Slog en signal till Alex

"   Det är William som är död och Tomas har visst mördat honom. Men varför?"

"   Alma,   detta är komplicerat. Alvar ringde mig idag och berättade att Krim-Per är en riktigt proffsig kriminell person som lurat alla. Så även oss. Han har nästlat sig in överallt. Han blev påkommen då Alvar blev anställd.   Alvar trodde att han blandat ihop Per med någon annan.

Per och Alvar skulle samarbeta då trycket på Krim hade blivit för stort. Alvar fick inte ta del av Per´s handlingar i olika ärenden. Per hade otroliga förklaringar till varför hans dokument inte var officiella. Till slut så lyckades de få iväg Krim-Per på ett uppdrag. Per hade låst dörren till sitt kontor och det fick brytas upp. Polischefen kunde tillsammans med Alvar gå igenom några handlingar och det visade sig att Alvar var inne på rätt spår. Per var inte den man trodde."

"   Men herregud, hur blir det nu och vad har Per gjort?

"   Det är han och Claes som ligger bakom allt detta. De har avlyssnat oss, de har lurat oss om Eloni. Det var de som tog livet av henne för att hon började misstänka att det inte stod rätt till. De satte press på Stefan(Peter) så han kunde skrämma er lite här och där. Allt för att få er att flytta från huset. Och varför det kan man undra. Jo för det finns en hemlig källare som inte syntes i några ritningar och där finns än idag ett datarum för spioneri av kriminella som de då kunde köra utpressning mot. Och det rörde sig inom hela Norden. Inte bara Sverige. Men det verkar som Per har lyckats ta sig utomlands."

"   men Alex, har du hittat källaren?"

"   Nej nu får det vara bra för idag. Imorgon ska jag be din mamma ta barnen så jag och Alvar kan leta efter den där källaren. Polischefen kommer också. Från det ena till det andra. Idag tillbringade vi lite tid på biblioteket. Irma serverade lite dricka och snacks medan Matheus satt i biblioteket och läste. En bra dag, trots allt."

Vi sa godnatt och stängde ner. Vi hade pratat nästan en timme. Jag var hungrig. Gick ut och letade upp närmaste matställe. Det fick bli `gyros` och en kall öl. Tog med till hotellet och satte mig on stund på balkongen och åt. Jag hade totalt glömt Viola. Skickade ett sms till Johan, bad honom att besöka Viola.

Det var närmare midnatt när jag lade mig. Hade bokat resa tills på söndag kväll och det skulle bli skönt att åka hem.
Hade svårt att somna då jag funderade på dagens händelse.

Lördag

Jag vaknade trött och på något vis sorgsen. Låg kvar i sängen och undrade hur det gått för Viola. William som var död och Tomas som skulle vara skyldig till det. Ringde till Seida och bad henne ringa till Viola. Jag hade inte hennes nummer. Det skulle hon göra.

Och Krim-Per, hur kunde det hända. Inom poliskåren. Obegripligt. Började fundera om fler var inblandade. Och Tomas hade varit polis. Allt detta var så obegripligt. Jag tror att Krim-Per var här på Kreta men det fick vila. Jag tänkte inte försöka få tag i den mannen.

Gjorde mig iordning, packade ner mina badkläder och promenerade ner till `Nea Chora` som var en närliggande badstrand. Sökte upp ett café och beställde frukost. Det var väl detta man skulle göra när man var på semester på Kreta. Äta gott, bada och njuta. Så det blir min dag. Ett avbrott skulle jag göra och det var att kontakta Johan.

Frukosten blev serverad och jag njöt verkligen av att sitta på detta café.

Jag hade somnat på solstolen efter badet när mobilen surrade.

" Godmorgon älskling."

" Godmorgon, Johan, vad ger dig rättigheten att kalla mig `älskling`?"

"   Okey. Jag är ledig, ska vi ses?"

"   Ja, på offentlig plats. Jag befinner mig på stranden så det går bra att komma hit. Det är skönt i vattnet, lagom varmt."

"   Kommer om en halvtimme."

Jag avslutade samtalet utan kommentar.

Kastade mig i havet och simmade tills jag såg Johan komma. Ropade på honom när jag satt mig på solstolen. Han drog till sig en och slog sig ner bredvid. Han tittade på mig med en blick som jag fallit för alldeles för många gånger.

"   Johan, nu vill jag veta vem som tog livet av William. Är det verkligen Tomas? Och Viola , var är hon?

"   Vad du är kort i tonen. Betyder inte våra fina stunder någonting alls för dig?"

"   Johan, det där tar vi senare. Nu vill jag ha svar på mina frågor, okey?"

Johan började med att berätta att William hade en skuld till Tomas sen gammalt. Inte ekonomiskt utan på ett annat plan som han inte visste något om.

"   Men något mer måste du veta."

"   Nja, faktum är att Tomas var f.d polis och vad jag förstår så har han vittnat mot William för länge sedan, som polis. Det har stigit William åt huvudet. Mordet på William hände i vredesmod och var förmodligen inte menat att vara dödande. Men nu så är Tomas i häktet och ska förmodligen slussas vidare till Sverige för åtal. Men Viola har jag ingen aning om.

235

Jag kontrade:

"   Ja. men jag visste inte att Tomas var här på Kreta. Han åkte till Sverige för en ca. en vecka sedan. Alex hade träffat honom. Viola hade träffat honom i Sverige innan hon åkte."

"   Det vet jag inget om, men klä på dig så åker vi till sjukhuset."

Alltså Viola, hur kan hon bara ljuga hela tiden, otroligt.

Med badväskan över axeln steg jag upp på motorcykeln och vi for iväg. Det var ingen trafik så vi var framme inom tjugo minuter.

Många väntade vid informationen men till slut fick vi hjälp. Någon Viola fanns inte där och hade heller inte varit intagen så kvinnan, som hjälpte oss, föreslog att vi skulle gå till akuten för att se om Viola kunde vara där.

Jag tänkte att hon var på akuten. Vi letade och frågade men så klart var hon inte där. Jag ringde till henne men inget svar. Seida hade skickat numret på sms. Nu kan jag inte göra mer.

Johan körde mig till Chania och jag steg av vid Saluhallen.

"   Johan, nu ska jag gå hem och jag hoppas att äventyret vi hade raderas och har aldrig hänt. Din flickvän väntar och min man vill jag inte vara utan."

"   Vad menar du med `flickvän`?"

"   Ja, det undrar jag också eftersom de kommer och går efter ditt humör. Det är okey, men blanda inte in mig. Jag önskar dig inget ont utan att du *ska leva ditt liv som du har valt. Det inkluderar inte mig. Tack för hjälpen idag."*

Han kommenterade inte utan körde iväg på sin motorcykel.

Jag gick min väg. Det kändes skönt att göra ett avslut på det som jag trodde betydde så mycket. Kände mig lättare i sinnet och visste att jag älskade Alex mer än någon Alvar eller Johan. De hade bara varit ett tidsfördriv. I väntan på den riktiga mannen. Gick ner till "Nea Chora" igen och slog mig ner på en taverna som låg ute på piren med utsikt över hav och strand. Hade inte ätit något sen frukost. Beställde färsk fisk och en Retzina, grekiskt kådavin. Underbar eftermiddag och mycket folk både på tavernor och badstrand. Säsongen hade börjat ordentligt och servicen var väldigt bra. Njöt av den grillade fisken och vinet. Nu kändes det som att jag var klar här. Vad som hänt med William var sorgligt. Orkade inte ta reda på vad som egentligen hänt. Det kommer jag få veta i alla fall senare. Tomas var ingen bra människa och Viola var jag tvungen och släppa. Hon visste var hon kunde nå oss.

Slog en signal till Alex men fick inget svar. Jag tillbringade några härliga timmar på stranden innan jag drog mig till hotellet, vilade en stund när mobilen ringde.

Okänt nummer.

"   Hallå, det är Viola."

"   Jaha, och var har du hållit hus? Vi har naturligtvis undrat. "

"	Har varit på sjukhuset i Chania."
"	Varför ljuger du hela tiden, vi var där idag och sökte dig men du var inte där och hade heller inte varit där."
Hon stängde ner innan jag avslutat och det var jag bara glad för. Hoppas att hon inte hör av sig igen.
Nu kände jag mig trött och beslutade mig för att packa och bara ta det lugnt.
Mobilen igen. De var Alex.
"	Alma , hjärtat, hur mår du?"
"	Jag mår perfekt och jag landar i Sverige imorgon. "
Jag började gråta hejdlöst.
"	Men, Alma, vad är det som hänt?"
"	Alex, inget allvarligt, jag ringer om ett par minuter:"
Det var knappt att jag kunde prata genom tårarna. Jag grät, torkade näsan, grät ännu mer. Klädde av mig och gick in i duschen och lät det varma vattnet strila över min kropp som en linda. Gråten avtog efter en stund och jag var som nyförlöst, spänningarna som jag burit på hade lättat och efter att jag klätt mig ringde jag upp Alex.
"	Hej min käre make, nu känns det bättre.
Det har varit lite jobbigt. Viola körde inte av vägen bara lögner hela tiden, William är död. Påstådd mördare är då Tomas. Dessutom det du sa om källaren som finns under vårt hus och som inte finns med på några ritningar. Det blev för mycket."
"	Alma, vi löser det. När kommer du imorgon?"
"	Jag landar klockan nio imorgon kväll."

"   Alma, jag hämtar dig på Arlanda. Har ett jobb i Stockholm på dagen så jag stannar kvar. Okey?"
"   Tack Alex, underbart. Jag ska gå ut och ta en Aperol spritz och titta på folk och sen sova. Vi ses imorgon. Puss och kram."
"   Barnen och jag längtar efter dig. Och din mamma också. Puss och kram."
Det tog en stund tills jag gick ut. Tänkte igenom dessa dagar. Hur fint det var i Livadia, med huset och olivträden. Med svärmor som bodde precis intill och utsikten med berg och hav. Grannarna Christos och Annie. Det skulle bli så fantastiskt.
Det som måste bort i vårt liv var Bergströms. Det måste lösa sig så att vi kunde gå vidare och skapa vårt liv utan deras inblandning.
Min konstiga släkt och en del av Alex´s historia.
Låste dörren till rummet och gick ut i den ljumma kvällen. Det är så vackert i Chania stad. Speciellt i de gamla kvarteren nere vid hamnen. Smala gränder med små tavernor, butiker, cafeterior Slog mig ner på Remezzo, som alltid. Gillade och sitta där. Utsikt över hela hamnen från Naturhistoriska museet och tio där jag satt. Åtminstonemer än halva. Jag skulle utan betänkligheter kunna bo i denna stad på Kreta. Tog fram mitt block jag alltid hade i väskan och började skissa på framtiden.
Somrarna skulle vi kunna spendera här på Kreta. Det fanns barn i grannbyarna. Matheus och Irma, snart sju respektive fem år skulle trivas väldigt bra.

Sommarlovet varade ca. sex veckor. Hösten var perfekt att ha retreat och likaså tidig vår.

Det jag tänkte på var målarkurs, fotokurs samt hälsoresor.

Vi måste planera för åtminstone tio personer vid varje tillfälle. Planering måste göras vad gäller allmänna utrymmen, våtutrymmen samt ett fungerande kök.

Tänkte också på det hus Alex ärvt med tio lägenheter. Kanske det kunde finnas möjlighet att låna pengar för restaurering.

Kunde inte riktigt ta in detta för det skulle betyda att vi får ett helt nytt liv.

Mina förväntningar var stora och jag hoppades vi skulle slippa ytterligare inblandning vad det gäller Bergströms.

Tröttheten slog till och jag betalade och vandrade långsamt efter kajen och upp mot hotellet som låg nästan mitt i stan.

Såg naturligtvis Johan på väg till hotellet med en av sina flammor. Vek undan en bit för att inte konfronteras. Kyrkklockan slog tolv och det var många turister som var ute fortfarande.

Receptionen var tom, jag gick upp för trappan till rummet då jag hörde ljud från rummet bredvid. Stannade upp och lyssnade. Trodde inte mina öron.

Det lät som Viola som nästan skrek till någon annan kvinna. Jag låste upp dörren till mitt rum och smög lite i hotellkorridoren och lät dörren till mitt rum stå lite öppen.

Viola rusade ut ur rummet och den andra kvinnan försökte att ta tag i henne men misslyckades. Jag fick en chock när jag såg vem kvinnan var. Kunde det vara möjligt?

Christos sambo Annie..

Jag sköt till min dörr med största försiktighet. Blev stående innanför dörren utan att andas kändes det som.

Var tvungen att sansa mig lite. Måste sova. Imorgon skulle jag flyga hem.

Söndag

Sömnen hade varit dålig. Kunde inte sluta att fundera över det som hänt igår.

Jag gick ner till fiket och åt en stadig frukost. Gick hem och packade det mesta. Fick lov att behålla rummet till senare på eftermiddagen.

Tog en promenad i stan för att inhandla lite presenter till barnen. T-shirt till Matheus och en väska till Irma. Jag tänkte köpa en klänning på butiken `Philly, Theotokopoulou street. En butik som jag varit inne i flera gånger. De hade så underbart vackra klänningar. Fantastiska färger och mönster. Ägarinnan var en sprudlande kvinna med knallrött hår.

Jag provade några stycken och köpte två klänningar i olika färger och mönster. En var lite tjockare i tyget och jag skulle kunna ha den i Sverige på vintern. Jag blev så nöjd så jag behöll den tunnare på mig. Inte sista gången jag var där.

Tiden gick fort och jag ner på Kouzina EPE för lite mat. Nu var det nästan fullt. Säsongen hade kommit igång ordentligt.

Njöt av varje tugga och beställde ett glas vitt av husets eget. Tog en kaffe och satt kvar länge.

Promenerade efter kajen tillbaks till hotellet. Packade färdigt, betalade och gick mot buss-

hållplatsen som inte låg långt bort. Den ligger bra till. Mitt inne i staden. Nära från alla håll.

Kändes skönt att åka hem idag.

Ringde upp Alex när jag satt på bussen men fick inget svar. Det var knappt några passagerare på bussen. Det tar ungefär fyrtiofem minuter till flygplatsen.

Väl framme satte jag mig en stund utanför och ringde upp Alex igen. Inget svar.

Eftersom jag inte hade någon brådska så gick jag igenom nyheterna på mobilen. Slängde ett öga på rubrikerna och läste om ett hus i Medåker som hade en källare som inte funnits på ritningarna till huset. En lokal som kunde ha använts av kriminella. En av dom var en kriminalpolis från Arboga. Jag visste ju vem denna kriminalare var.

Jag stängde ner mobilen. Tog mitt pick och pack, checkade in och kom till gaten. Hittade min plats på planet, fönsterplats. La upp väskan i bagagehyllan och satte mig. Planet lyfte och vi var på väg. Hem till min kära familj. Nästa sommar hoppades jag att vårt nya äventyr skulle ta sin början.

Bergström är fortfarande aktuella. Varför?

En fjärde bok ligger i väntan på innehåll.

Men att den kommer är säkert. Familjens planerade resa ska äntligen ta form.

Ska ge familjen Bofakis en paus att planera sin framtid ifred. Spännande blir det säkert då det öppnar nya dörrar.

Jag vill nog följa med på denna resa ett tag till, tror jag.